U0463113

雅趣小书

丛书主编 鲁小俊

声容

[清]李渔 著

宋俭 注译

谢晓虹 绘

长江出版传媒 崇文书局

前　言

　　鲁小俊教授主编的十册"雅趣小书"即将由崇文书局出版，编辑约我写一篇总序。这套书中，有几本是我早先读过的，那种惬意而亲切的感觉，至今还留在记忆之中。于是欣然命笔，写下我的片段感受。

　　"雅趣小书"之所以以"雅趣"为名，在于这些书所谈论的话题，均为花鸟虫鱼、茶酒饮食、博戏美容，其宗旨是教读者如何经营高雅的生活。

　　南宋的倪思说："松声，涧声，山禽声，夜虫声，鹤声，琴声，棋落子声，雨滴阶声，雪洒窗声，煎茶声，作茶声，皆声之至清者。"（《经钼堂杂志》卷二）

明代的陈继儒说："香令人幽，酒令人远，石令人隽，琴令人寂，茶令人爽，竹令人冷，月令人孤，棋令人闲，杖令人轻，水令人空，雪令人旷，剑令人悲，蒲团令人枯，美人令人怜，僧令人淡，花令人韵，金石鼎彝令人古。"（《幽远集》）

倪思和陈继儒所渲染的，其实是一种生活意境：在远离红尘的地方，我们宁静而闲适的心灵，沉浸在一片清澈如水的月光中，沉浸在一片恍然如梦的春云中，沉浸在禅宗所说的超因果的瞬间永恒中。

倪思和陈继儒的感悟，主要是在大自然中获得的。但在他们所罗列的自然风物之外，我们清晰地看见了"香""酒""琴""茶""棋""花""虫""鹤"的身影。这表明，古人所说的"雅趣"，是较为接近自然的一种生活情调。

读过《儒林外史》的人，想必不会忘记结尾部分的四大奇人："一个是会写字的。这人姓季，名遐年。""又一个是卖火纸筒子的。这人姓王，名太。……他自小儿最喜下围棋。""一个是开茶馆的。这人姓盖，名宽，……

后来画的画好，也就有许多做诗画的来同他往来。""一个是做裁缝的。这人姓荆，名元，五十多岁，在三山街开着一个裁缝铺。每日替人家做了生活，余下来工夫就弹琴写字。"《儒林外史》第五十五回有这样一段情节：

一日，荆元吃过了饭，思量没事，一径踱到清凉山来。这清凉山是城西极幽静的所在。他有一个老朋友，姓于，住在山背后。那于老者也不读书，也不做生意，养了五个儿子，最长的四十多岁，小儿子也有二十多岁。老者督率着他五个儿子灌园。那园却有二三百亩大，中间空隙之地，种了许多花卉，堆着几块石头。老者就在那旁边盖了几间茅草房，手植的几树梧桐，长到三四十围大。老者看看儿子灌了园，也就到茅斋生起火来，煨好了茶，吃着，看那园中的新绿。这日，荆元步了进来，于老者迎着道："好些时不见老哥来，生意忙的紧？"荆元道："正是。今日才打发清楚些，特来看看老爹。"于老者道："恰好烹了一壶现成茶，请用杯。"斟了送过来。荆元接了，坐着吃，道："这茶，色、香、味都好，老爹却是那里取来的这样好水？"于老者道："我们城西不比你城南，到处井泉都是吃得的。"

荆元道:"古人动说桃源避世,我想起来,那里要甚么桃源? 只如老爹这样清闲自在,住在这样城市山林的所在,就是现在的活神仙了!"

这样看来,四位奇人虽然生活在喧嚣嘈杂的市井中,其人生情调却是超尘脱俗的,这也就是陶渊明《饮酒》诗所说的"结庐在人境,而无车马喧"。

"雅趣"可以引我们超越扰攘的尘俗,这是《儒林外史》的一层重要意思,也可以说是中国文化的特征之一。

古人有所谓"玩物丧志"的说法,"雅趣"因而也会受到种种误解或质疑。元代理学家刘因就曾据此写了《辋川图记》一文,极为严厉地批评了作为书画家的王维和推重"雅趣"的社会风气。

辋川山庄是唐代诗人、画家王维的别墅,《辋川图》是王维亲自描画这座山庄的名作。安史之乱发生时,王维正任给事中,因扈从玄宗不及,为安史叛军所获,被迫接受伪职。后肃宗收复长安,念其曾写《凝碧池》诗怀念唐王朝，又有其弟王缙请削其官职为他赎罪，遂从宽处理，仅降为太子中允，之后官职又有升迁。

刘因的《辋川图记》是看了《辋川图》后作的一篇跋文。与一般画跋多着眼于艺术不同，刘因阐发的却是一种文化观念：士大夫如果耽于"雅趣"，那是不足道的人生追求；一个社会如果把长于"雅趣"的诗人画家看得比名臣更重要，这个社会就是没有希望的。

中国古代有"文人无行"的说法，即曹丕《与吴质书》所谓"观古今文人，类不护细行，鲜能以名节自立"。后世"一为文人，便不足道"的断言便建立在这一说法的基础上，刘因"一为画家，便不足道"的断言也建立在这一说法的基础上。所以，他由王维"以前身画师自居"而得出结论："其人品已不足道。"又说：王维所自负的只是他的画技，而不知道为人处世以大节为重，他又怎么能够成为名臣呢？在"以画师自居"与"人品不足道"之间，刘因确信有某种必然联系。

刘因更进一步地对推重"雅趣"的社会风气给予了指斥。他指出：当时的唐王朝，"豪贵之所以虚左而迎，亲王之所以师友而待者"，全是能诗善画的王维等人。而"守孤城，倡大义，忠诚盖一世，遗烈振万古"的颜杲卿却与盛名无缘。风气如此，"其时事可知矣！"他斩钉截铁地告诫读者说：士大夫切不可以能画自负，也不要推重那些能画的人，坚持的时间长了，或许能转移"豪贵王公"的好尚，促进社会风气向重名节的方向转变。

刘因《辋川图记》的大意如此。是耶？非耶？或可或否，读者可以有自己的看法。而我想补充的是：我们的社会不能没有道德感，但用道德感扼杀"雅趣"却是荒谬的。刘因值得我们敬重，但我们不必每时每刻都扮演刘因。

三

"雅趣小书"还让我想起了一篇与郑板桥有关的传奇小说。

郑板桥是清代著名的"扬州八怪"之一。他是循吏，是诗人，是卓越的书画家。其性情中颇多倜傥不羁的名士气。比如，他说自己"平生谩骂无礼，然人有一才一技之长，一行一言之美，未尝不啧啧称道。囊中数千金随手散尽，爱人故也"（《淮安舟中寄舍弟墨》），就确有几分"怪"。

晚清宣鼎的传奇小说集《夜雨秋灯录》卷一《雅赚》一篇，写郑板桥的轶事（或许纯属虚构），很有风致。小说的大意是：郑板桥书画精妙，卓然大家。扬州商人，率以得板桥书画为荣。唯商人某甲，赋性俗鄙，虽出大价钱，而板桥决不为他挥毫。一天，板桥出游，见小村落间有茅屋数椽，花柳参差，四无邻居，板上一联云："逃出刘伶禅外住，喜向苏髯腹内居。"匾额是"怪叟行窝"。这正对板桥的口味。再看庭中，笼鸟盆鱼与花卉芭蕉相掩映，室内陈列笔砚琴剑，环境优雅，洁无纤尘。这更让板桥高兴。良久，主人出，仪容潇洒，慷慨健谈，自称"怪叟"。鼓琴一曲，音调清越；醉后舞剑，顿挫屈蟠，不减公孙大娘弟子。"怪叟"的高士风度，令板桥为之倾倒。此后，板桥一再造访"怪叟"，"怪叟"则渐谈诗词而不及书画，板桥技痒难熬，自请挥毫，顷刻十余帧，一一题款。这位"怪叟"，其实就是板桥格外厌恶的那位俗商。他终于"赚"得了板桥的书画真迹。

《雅赚》写某甲骗板桥。"赚"即是"骗"，却又冠以"雅"

字，此中大有深意。《雅赚》的结尾说："人道某甲赚本桥，余道板桥赚某甲。"说得妙极了！表面上看，某甲之设骗局，布置停当，处处搔着板桥痒处，遂使板桥上当；深一层看，板桥好雅厌俗，某甲不得不以高雅相应，气质渐变，其实是接受了板桥的生活情调。板桥不动声色地改变了某甲，故曰："板桥赚某甲。"

在我们的生活中，其实也有类似于"板桥赚某甲"的情形。比如，一些囊中饱满的人，他们原本不喜欢读书，但后来大都有了令人羡慕的藏书：二十四史、汉译名著、国学经典，等等。每当见到这种情形，我就为天下读书人感到得意："君子固穷"，却不必模仿有钱人的做派，倒是这些有钱人要模仿读书人的做派，还有比这更令读书人开心的事吗？

"雅趣小品"的意义也可以从这一角度加以说明：它是读书人经营高雅生活的经验之谈，也是读书人用来开化有钱人的教材。这个开化有钱人的过程，可名之为"雅赚"。

陈文新

2017.9 于武汉大学

雅趣小书

声容

目录

译文

雅趣小书

声容

原文

声容

雅趣小书

导　读

　　声色二字，在中国传统土大夫眼里一直被视为俗情俗物，甚至有点谈虎色变。《书·仲之诰》说："惟王不迩声色，不殖货利。"《淮南子·时则训》说："去声色，禁嗜欲。"可见，自古以来，声色之为情、为物，不惟不能登大雅之堂，简直被当作是消蚀意志的洪水猛兽。生活于明清之际的李渔却以叛逆者的姿态，起而为声色二字正名，他指出，王道本乎人情，即使圣人亦不拂人情，声色之欲，乃是人"性所原有，不能强之使无耳"，他毫不留情地揶揄那些道貌岸然、羞谈声色的道学先生是"矫清矫俭者"，表露出一种较强烈的主张人性解放的人文精神。这与明中叶以来，中国思想文化界兴起的启蒙思潮是合拍的，或者说，李渔的思想本身正是那场中国早期启蒙运动（有人称之为中国的文艺复兴运动）的产物。

李渔，原名仙侣，字谪凡，又字笠鸿，号天徒，又号笠翁，别号觉世稗官、随庵主人、湖上笠翁等。浙江兰溪人。生于1611年（明万历三十九年），卒于1680年（清康熙十九年）。在清初文坛上，李渔是一位雅俗共赏、妇孺皆知的大名士、大才子，他学识渊博，著述甚丰，一生在学林艺苑中辛苦耕耘，给后人留下数百万字的作品，包括戏曲、小说、诗文、随笔等，可以说是一位不世出的奇才。李渔是以曲家名世的，但他的成就却不止于词曲，正如他的朋友许茗车所评价的："今天下谁不知笠翁，然有未尽知者，笠翁岂易知哉！止以词曲知笠翁，即不知笠翁者也。"李渔的戏曲创作无疑是成就最高的，据称有"内外八种"、"前后八种"，共计十六种，包括《怜香伴》《风筝误》《奈何天》《比目鱼》《玉搔头》《凤求凰》《慎鸾交》《巧团圆》等。近代曲学大师吴梅评论道：清人戏曲，"最显者厥惟笠翁"，"翁所撰述，虽涉徘谐，而排场生动，实为一朝之冠。"并将他与孔尚任、洪昇并列为清代戏曲名家。

李渔的小说创作亦有较深的造诣，如《无声戏》《十二楼》等均有较高的艺术价值，被认为是清代白话小说中的佼佼者。李渔的读史随笔称得上是书苑奇葩，笔者尝读其收入《笠翁别集》的读史随笔，每有眼目一新之慨，其予夺前人前事，独具匠心慧眼，读来令人拍案称奇。在李渔的众多著述中，《闲情偶记》无疑是一部扛鼎之作。

《闲情偶记》写成于1871年（康熙十年），是年李渔六十岁。从某种意义上说，该书是其一生艺术和生活经验的总结和结晶，李渔自己对此书颇为得意，他在给友人的信中曾谈到："弟从前拙刻，车载斗量。近以购纸无钱，多束诸高阁而未印。惟《闲情偶记》一书，其新人耳目，较他刻为尤甚。"可见，在他的百万著述中，自己最满意的是这本二十余万字的性灵小品。时人亦佳评如潮，尤侗称读此书"正如秦穆睹《钧天》之乐，赵武听孟姚之歌，非不醉心，仿佛梦中而已矣"。余澹心则称"此非李子偶寄之书，而天下雅人韵士家弦户诵之书也"。称赞笠翁"有超世绝俗之情，磊落嵚崎之韵"。

《闲情偶记》共分词曲、演习、声容、居室、器玩、饮馔、种植、颐养八部，论及戏曲理论、美容服饰、居室设计、园林建筑、器具古玩、饮食文化、竹木花卉、养生疗病方面的内容，立论独到，新意迭出，冥心高奇，妙论如珠，表现出较高的艺术造诣和生活审美情趣，堪称为一部绚烂夺目的生活艺术百科全书，是中国古代灵性文学作品中的珍品。正如时人所评："今李子《偶记》一书，事在耳目之内，思出风云之表，前人所欲发而未竟发者，李子尽发之；今人所欲言而不能言者，李子尽言之；其言近，其旨远，其取情多而用物闳。潦潦乎，乎，汶者读之旷，僿者读之通，悲者读之愉，拙者读之巧，愁者读之怃且舞，病者读之霍然之。"如此好书奇书，怎可不一读为快？

晚明以降，士风都是恋世乐生的，文人雅士大多热爱生活，也善于生活，尤其善于安排闲暇时间，利用有限的物质条件，追求生活的舒适快意，尤为注重生活的品位。他们讲美食，嗜茶酒；好女色，重情爱；蓄声伎，演戏曲；建园林，赏花草；读闲书，喜禅悦；精书法，谙绘画；重养生，乐山水。他们对衣食住行，不仅要求惬意，还要求品位，追求美的享受，他们的物质和文化生活都艺术化了。

在这种背景下，诞生了一大批灵性文学作品，这一时期，是中国性灵文学最为繁荣的时期，李渔的《闲情偶记》便是其中的佼佼者。

我们在这里选译介绍给读者的是《闲情偶记》之"声容部"。所谓声容，即声色，乃指歌舞、女色。前文谈到，这一内容向来是所谓正人君子们不屑谈、耻于谈的，他们视之为庸俗、龌龊之事。其实，高雅与庸俗并无霄壤之别，只在一线之间。雅俗之别，不在物而在人，不在人而在情。琴棋书画未必一定雅，酒色财气未必一定俗。同一事，雅者自雅，俗者自俗。以饮酒为例，孔融"一日倾千觞"，是雅；嵇康"浊酒一杯，弹琴一曲"，是雅；崔宗之"举觞白眼望青天"，张旭"脱帽露顶王公前"，亦是雅；李白"斗酒诗百篇"更是千古佳话。可若是莽汉醉酒横街前，屠夫千觞欲宰，那可就一点雅意也没有了。由此看来，逸情雅兴令俗人行去，总脱不去俗气；俗情俗事由雅士做来，一定透着雅趣。雅者眼中，天下滔滔，皆为雅事；俗者眼里，天下滔滔，皆为俗事。声色一事，便正是如此，同是好色，由西门庆等浊物做出自是俗不可耐，正如曹雪芹所说的："此皆皮肤滥淫之蠢物也"。而由张君瑞等雅士行来，则传为风流佳话，此是所谓"淫"与"情"的区别。有人说，喜欢美女而一定要占有她，就好比爱花要吃花一样。此语正道出了在美色前，雅俗两种不同的境界，色本无雅俗，因人而雅俗，那一心要采花、吃花的蠢物，自是俗不可耐，色亦因之而俗，懂得赏花爱花护花的人，才是韵人雅士。李渔便是一位懂得赏花爱花护花的韵人雅士，他的《闲情偶记·声容部》也是一部讲述赏花爱花培花护花经验的奇书。

告子说："食色，性也。"好声色乃是人之本性，当然是俗事，可是，这等俗情俗事，却是可以营造出诗情画意来的。千年以来，多少美丽的传说，相如弄琴，张郎画眉，李郢"绿窗红泪"，卢渥"红叶题诗"，白居易"樱桃樊素口，杨柳小蛮腰"……韵事佳话，有谁说个俗字？人情如斯，景物亦如斯。苍苔履迹，画船明月，金谷花开，夕阳芳草，雪映珠帘，雨打芭蕉，此景此境之下，添一分琴心诗意，谁复言俗？李渔精心撰述的《闲情偶记》便是要为人们营造一种这样的境界，给平淡的生活添几分浪漫，给艰辛的人生添几分精彩。

《闲情偶记·声容部》由四部分构成，第一节为"选姿"，谈的是如何选美。李渔认为，女子的美不惟表现在"容"——外表形象，更表现在"态"——内在气质。他提出选美首先要看肌肤，其次看眉眼，再次看手足，最重要的是看气质。他在这一节里讲的，不仅仅是选美的标准和方法，还有一层更深的含意，就是教人们如何去欣赏、品评美女；第二节为"修容"，谈的是女子的美容，他阐述了美容的目的、意义和原则，并提出了梳妆、美容的方法和忌讳，不少观点，即使在今天对于美容界人士来说，仍然有着借鉴作用；第三节"治服"，谈的是女子的服饰，从首饰至衣衫、裙裾、

鞋袜，从颜色的选择、搭配到服饰的式样、风格，都有精到的议论，他提出"妇人之衣，不贵精而贵洁，不贵丽而贵雅，不贵与家相称，而贵与貌相宜"，就是说，选择衣服不在于精美华贵，最重要是适合自己的气质，这个道理，在今天恐怕也不是所有的人都能明白。如今好赶时髦的女子，不可不读是篇。第四节"习技"，谈的是女子的文化修养和艺术熏陶，李渔驳斥了"女子无才便是德"的陈词滥调，主张女子应该学习文化，掌握琴棋书画等技艺，认为女子只有经过文化修养和艺术熏陶，才能算作是真正的美女，这与那班"皮肤滥淫之蠢物"真是有了霄壤之别。

知堂老人说："李笠翁当然不是一个学者，但他是了解生活法的人，决不是那些科学家所能企及。"(周作人《雨天的书·笠翁与兼好法师》)的确，李渔热爱生活，珍惜生活，他对待生活的那份真情至性，那份闲情雅兴，教给了我们一门生活的艺术(这里谈的只是闲情)。笔者并不认为李渔的观点完全正确，对他的为人处世之道也不敢苟同，笔者欣赏的是他那份至情至性的生活态度，那种注重生活质量，追求生活情趣的激情。读是篇，至少能让我们懂得，在同样的环境下，生活的质量取决于自己的营造与追求，那种温馨甜美，恬淡闲雅的境地是要靠自己去营造的，而这种对美的追求，则出自自己的性灵。

然而，不能不惋惜地指出，名满天下的李渔在生活中却并不是一个真的雅士，正如其作品雅俗共赏一样，李渔本人也是一个雅俗参半的人物。没人否认他才华横溢、名士韵人的本色，但这并不能掩饰生活中的李渔趋炎媚俗的另一面。较之于阮籍"傲然独得，任性不羁"，嵇康的"远迈不群，不可羁屈"及李白的"安能摧眉折腰事权贵，使我不得开心颜"，李渔的人品、格调终是要逊了几筹，即使是同时代的冒襄也要高出他许多。李渔在生活中常降志辱身，攀附权贵，为五斗米折腰的事也是习以为常。为此时作趋世阿时之文。这或许是因为生计所迫，李渔有妻妾、子女、姬婢数十人，而且又讲究吃、穿、住、玩、行，常携姬妾数十人出游，自称"二十年来负笈四方，三分天下几遍其"，因此开销巨大，又没有固定的生活来源，不得不靠"打抽丰"营日。也有的论者说，他是既孤高，又庸俗，他的生活环境是他鄙视的，但他又始终被困在他所能活动的唯一生活环境里。无论如何，这种行为终归是不足取的，也大大损害了他的形象，令人为之扼腕。李渔的言论中，也有一些消极的东西，如他主张一夫多妻，养姬蓄婢，重男轻女，过分迷恋声色，某些文字流于轻薄、庸俗等，这些都是我们需要批判鉴别的。尽管有这些缺陷，《闲情偶记》仍不失为一部奇书、妙书，真性情中人不可不读，不可不先睹为快！

本文结束之际，摘录一段前人关于李渔其人其文的精彩点评，或许对于我们读李渔、读闲情不无裨益：

李笠翁渔，一代词客也，著述甚多，有传奇十种，《闲情偶记》、《无声戏》、《肉蒲团》各书，造意遣词皆极尖深。沈宫詹绎堂先生评曰"聪明过于学问"，洵知言也。但所至携红牙一部（指笠翁携姬拥妾出游），尽选秦女吴娃，未免放诞风流。昔寓京师，颜其旅馆之额曰"贱者居"，有好事者戏颜其对门曰"良者居"。盖笠翁所题本自谦，而谑者则讥所携也。

（刘廷玑《在园杂志》卷一）

夏樗

2017.8

雅趣小书

声容

译文

雅趣小书

选姿

　　"喜美食，好美色，乃是人之本性。""不知道子都美貌的人，是没长眼睛。"古来的圣贤大儒，说话都是要斟字酌句的，他们之所以不违背人之常情，一再强调上述观点，乃是因为那原本便是人之天性，不能够强行移易。别人拥有美妻美姿而我也喜爱她们，那叫作违背人之常情；喜爱别人的妻姿不仅有损德行，还可能招致杀身之祸。我自己有美妻美姿而我宠爱她们，那不过是还我本性所应有的行为，即使是圣人再生，也会同意我的看法，这不算是有失德行。孔子说："人当富贵之时，做事就要有富贵的气派。"人在有条件的时候，不买一两个姬姿来自娱，这等于是处富贵之境而行贫贱之事。

王道也是顺乎人情的，哪里用得着如此矫情，假装清廉俭朴呢?不过，若是家有妒悍之妻，就应借此法以掩饰自己的行为，不然的话，宠爱美人却反而会使美人遭到妒妻的憎恨，怜爱美人却恰恰会因此而害了她。请不要用红颜薄命为借口，而充当代天行罚的忍心人。我是一个穷书生，一生落魄，不仅未曾亲近过国色天香的美人，就算是姿色平常，资质粗陋的女人，我又能见着几个?竟敢在此狂妄地品评女人的音色容颜，侈谈其歌韵舞姿，这岂不要让那些终日眠花卧柳的花间老手笑话我吗!然而，我机缘虽然不好，雅兴却是颇高;事情虽未亲身经历，道理其实容易明白。那种想象中的绝妙境界，较之那些亲身沉醉于温柔乡里的人更觉倍有情趣。你若是不信，我可以用往事来作为佐证。楚襄王，是一国之君，他的后宫里充满了各种各样的美丽女子，他与她们握云携雨，什么样的事情没有做过?可是千百年之后，在后宫里实际发生过的风流艳事并没有能流传下来，而只有他在梦中与巫山神女阳台欢合的故事却千古流传，脍炙人口。可阳台现在何处?神女家在

何方?传说神女早晨化作行云，傍晚化作细雨，又究竟是怎
样的情状?哪还有踪迹可以查考，哪有实情可以详述呢?那
都是幻想中的境界呀!幻境的奇妙，十倍于真，因此才能千
古流传下来。能够把十倍于真的奇妙境界记述下来，供人
们欣赏效法，定能让人们从中领略到闲情逸致的精义。凡
是读了这本书的人，若想追究我这些学问的渊源，就让我
以楚襄王阳台一梦的故事来回答他吧!

肌肤

　　女人的妩媚是多姿多态的，毕竟还是以肤色为主。《诗经》上不是也说"先有素白美质而后饰以美丽色彩"吗?所谓素也就是白。女人的天生丽质，惟有肤白是最难得的，常常有眉眼口齿处处皆美丽如画，而唯独肤色不好的女子。难道上天造物生人的机巧反而不如染匠在未经漂净煮白的布帛上染色的功夫吗?我说：不是这样。白色难得而彩色易得，为什么说白色难得呢?这是因为任何物质的生长，都源于其根本，根本是什么颜色，枝叶就是什么颜色，人的根本是什么呢? 是精液和血液。

　　精液的颜色近于白色，血液的颜色则是红而紫。接受父亲精液多而长成的胎儿，生下来皮肤必定白净；由父亲的精液和母亲的血液交汇混和而形成的胎儿，或者是接母亲的血液较多而接受父亲的精液较少的胎儿，生下来皮肤必定是白里带黑。如果母亲的血液是浅红色的，那么结成的胎儿，虽然皮肤会白里带黑，等生下来后，给他喂食精美的食品，让他居住在幽静的密室，还可以使他的皮肤渐渐变白，这是因为他的本质并没有全黑。有的人小时候皮肤不白，长大后才开始变白，就是属于这一类。至于那些由深紫色的母血而结成的胎儿，则其本质已经完全黑了，全然没有可以漂净的余地。这样的孩子，等他生下来，就算是给他服食水晶云母，让他居住玉殿琼楼，也难指望他的肤色能够由深变浅，只要是能保住原来的颜色不变，不至于越老越黑，就算是不错了。有些富贵人家的孩子天生肤色便不白，长大了及至到老，肤色也还是那样。就是属于这类情况。知道了这个道理，那就知道了选材的方法。

选材就应当像染匠接受衣料一样：有人拿来白色的衣服让漂洗，可以接受，因为很容易做；有人拿来沾染了稍许污垢的白衣让漂洗，也可以接受，虽然做起来很费劲，但还是可以漂洗干净。若是拿来已经被染成深色的衣服，要求褪掉深色，漂为白色，那你即使给十倍百倍的工钱，染匠也一定不会接受。因为人的能力再高超，也难违背自然规律，不能够强行使已经有了的东西变成没有。

　　女人皮肤白的容易看准，皮肤黑的也容易看准，只有处于黑白之间的不容易看准。我提供三种办法：脸上比身上黑的女人易于变白，身上比脸上黑的难以变白；肌肤黑但细嫩的女人易于变白，肌肤又黑又粗的女人难以变白；肌肤黑而肉纹宽的女人易于变白，肌肤黑而结实、肉纹紧凑的女人难以变白。脸上比身上黑，是因为脸部露在外面而身体裹在衣服里面。脸露在外面，就不免要经受风吹日晒，自然不可能越变越白，身体裹在衣服里面，就比脸要稍白一些。这就已经清楚地证明，身体的肤色正在由深变浅。假使脸部也同身体一样有物遮蔽保护，结果也会像身体一样由深变浅。所以说脸部比身体黑的女人容易变白。

　　身体比脸部白的女人与此正好相反，所以说不容易变白。细嫩的肌肤，就好像绫罗丝绢，其表面光洁滑腻，所以很容易染色，也很容易褪色，稍受风吹，略经日晒，就会使深色变浅，浓处变淡。粗糙的肌肤则像棉布毛毯，在棉布毛毯上染色要比绫罗丝绢难上十倍，要再想褪色的话，所花的功夫又不止十倍。人体肤色的道理也是这样，因此可知细嫩的皮肤易白，而粗糙的皮肤难白。皮肤黑而肉纹宽的女人，就像是绸缎没有经过熨烫，鞋靴没有经过楦撑一样，因为它皱褶不平，所以浅色看来似深色，淡处看来如浓处，一旦经过熨烫楦撑之后，它的纹理便能立刻发生变化，不再是原来的样子了。肌肤纹理宽松的女人，是因其血肉还不充足，还有待于生长滋养，也就如同待楦的鞋靴和未经熨烫的绫罗丝绢。现在是这副模样，那么，待她的血肉丰满之后就一定不再是这副模样。由此可知肌肤肉纹宽松的女人易于变白，肌肤肉纹紧凑结实的女人难以变白。

观察肌肤的办法，全都介绍在这儿了。要是如我所说的，那么，肌肤白皙、细嫩、宽松的女子被人们争娶，而肌肤黝黑、粗糙、紧凑结实的女子不就要成为无人要的弃物吗?我说，并非如此!自古红颜薄命，偏偏是丑陋的女人得享大福，这些丑陋女子都是作富人的配偶，做诰命夫人的材料!

眉眼

　　面部为全身最重要之处，眼睛又为面部最重要之处。相人必先相面，这是尽人皆知的道理，相面必先相眼，这也是尽人皆知的，但却未必都能深究其中的奥秘。我认为相人的方法，一定要先相心。了解了他的心术，然后再观察他的形体，形体是什么?就是指眉毛、头发、口唇、牙齿、耳朵、鼻子、手脚等等。心在体内，又怎么能看得到呢?我说，有眼睛在，不必担心。观察一个人的心术是正是邪，最好的方法就是观察他的眼睛。子舆把他的经验写成了书，已经开创了相术这门学问的先河。我无须繁琐地陈述他的学说，只想指出：女人性情的刚与柔，心灵的蠢与慧，这四者的区别不在别的，它能决定一个女人日后是风花雪月还是茶米煮炊的不同命运，也是决定一个女人婚后是妒悍刁蛮还是温柔体贴的分水岭。

　　眼睛细而长的女子，性情一定温柔；眼睛粗而大的女子，心思必定妒悍。眼睛流盼灵活而黑白分明的女子，大多聪慧；眼睛呆滞无神而且眼白多眼黑少或者眼白少眼黑多的女子，必定较愚蠢。但需要注意，初次观察面相时，平素眼睛流盼灵活的女子未必立刻就会眼珠碌碌转个不停，有时她也会定睛不动。那怎么检验？我说有办法，不必担心。什么办法呢？一条叫作以静待动，一条叫作从低瞩高。眼睛是随着身体转动的，不可能身体在移动时而眼睛还能一动不动地定在原处；让她来来去去，多走上几步，而我则紧盯着她的眼睛仔细进行观察，那她的眼波不想流盼生辉也会自然转动的，这是一个办法。女子多害羞，眼睛必然朝下看，我若是居高临下的观察，她的位置比我低，又低头朝下看，那就永远也不会有看到她的眼睛的时候，一定要让她处在高处，或者让她站在高台、土坡上，或者让她立于楼阁前的台阶上，而我却故意立于低处往上看来观察她的眼睛，这样，她就想朝下看也不能了，势必要转动眼睛来躲避我的注目。虽说眼睛流盼灵活的会动，眼睛呆滞无神的也会动，但从勉强转动和自然流盼的神态中，就能够分出贵贱美丑来，这是又一种办法。

至于耳朵的大小、鼻子的高低、眉毛头发的疏密、嘴唇牙齿的红白，即使是瞎子也能用手摸得出来，难道还会有人看见了而不能根据它们的形状作自己的判断吗?自然不需我再饶舌，徒惹读者生厌了。

眉毛秀气与否，也和女子的性情有很大关系，应当与眼睛同等看待。然而，眉与眼两个器官，其形态往往是相关联的，眼睛细的女子眉毛一定长，眉毛粗的女子眼睛一定大，大体如此。但也有与此规律不尽相同的情况。如果女子的眉毛、眼睛的长短粗细不是样样都尽善尽美，就应当取其长而恕其短，关键是要看她的短处能不能通过人工修饰而得到弥补。西汉宣帝时的京兆尹张敞以擅长为妻子画眉而著称于时，由此可知其夫人的双眉一定不是天生浓淡适宜，不需加以修饰的。

眉毛短可以描长，诀窍在于怎样描长；眉毛粗可以纹细，诀窍在于怎样纹细。但是还有一个绝不可少的字，而人们大多忽略了它，这个字就是"曲"字，眉毛须是天生弯曲，然后，才可以人工精心描画。所谓"眉若远山""眉如新月"，都是形容眉毛弯曲得恰到好处。即使不能够十分像远山，完全像新月，也需要稍稍带点弯月的形状，有点儿远山起伏的意味。或者是上面弯曲而下面不弯，或者是两侧细中间粗，都可以用人工加以修补描饰。最忌讳的是平空一抹似的直直一条，就像太白金星在天空中划过似的，还忌讳似两笔斜冲一般双眉斜撇，就像是倒写的八字。这就好比是把远处的山峦变成了近处的瀑布，把一弯新月变成了一抹长虹，就算是那最善于描眉的张敞再世，也会畏难而退的。这不是选美的人太挑剔，因为他是要挑选温柔多情、善解人意的佳丽，而不是为娘子军挑选将领啊！

手足

常替女子看相的人，有一个简要的口诀，叫作"上看头，下看脚"。听起来这两句话似乎把全身都概括进去了。我却感到奇怪，为何最要紧的一处，竟完全没有提到，两手十指，是人一生灵巧或笨拙的关键，关系到一个人一辈子的富贵贫贱。

观察女子第一重视的便该是手，怎么倒把它忽略不提呢？姑且不说玉手娇嫩的女子必定聪明，指头尖尖的女子必定灵巧，手臂丰润手腕绵厚的女子必定能享受到珠围翠绕的荣华富贵。就拿眼前的需要来说；让她挥手弹琴，要是她的手指都关节凸出，就像是弯弓射箭用的扳指；让她抬手品箫，要是她的手臂形状粗蠢，就像是砍竹的斧头了；如果让这样的女人来铺床叠被，一看到她就会兴味索然；要是让她来端杯递酒，接酒的人还不得紧皱眉头，大倒胃口！这也就完全失去了初次见面留下美好印象的愿望了！所以，观察女人的手这一条，实在是观察女人的重点，喜欢寻花问柳的人不可不了解这一点。但是，观察的方法也有点难得说清楚。挑选女人时若只挑脚的话，三寸金莲的小脚女子大有人在；若是观察女人的手，则极少见到有纤纤玉指的女子。可见最易挑选的是脚，最难挑选的是手，百个女人中，难得有一两个极出色的。要知道，制定选美标准不能不严格些，等到具体实施时，就不由你不放宽标准，只要是娇嫩、柔软、尖细几条中，有一条可取，其他方面就可以放宽一些。

至于挑选女子的脚这件事，如果只求其窄小，则可以一目了然。倘若想精挑细选，力求尽善尽美，使女子脚虽小，而不受小脚的拖累，同时又发挥小脚的功用，那就比挑手又要更难了，完全是可遇而不可求的事啊!小脚的拖累是什么呢?是因为小脚走路不方便，一走动便要扶着墙壁，这种拖累还只是影响自己。因为裹小脚而引起秽臭，让别人闻着便要掩鼻皱眉，这就影响到别人了。小脚的功用是什么呢?它若是生得瘦若无形，便会让人越看越生出怜惜之心，这是它在白天的功用；它若是生得柔若无骨，便会让人越摩越想抚摩，这是它在夜里的功用。以前曾经有人对我说："宜兴的周相国用一千两银子买了一位美女，取名叫'抱小姐'。因为她的脚特别小，以致寸步难行，一动便必须有人抱，所以得了这个名字。"依我说："要真是这样，那不过是一个泥塑的美人而已，花几个钱就可以买到，何必去花一千两银子呢？"上天造物让人长脚，就是为了让它走路。从前形容女子身段苗条迷人，不是说"步步生金莲"，就是说"行行如玉立"，都是说她们的脚既小又能行走，而且走起来婀娜多姿，如画中的美人，所以特别珍惜宠爱。如果她们的脚虽小，却不能行走，那与砍了脚又有什么区别呢？这种小脚的拖累可不要揽到自己身上。我游遍了各地，看到脚最小又没有拖累，而且脚虽最小而很得用的女子，没有比甘肃兰州、山西大同更好的了。兰州女子的脚，大的三寸，小的还不到三寸，又能够行走如飞，有时候男子都追不上。但脱掉袜子和裹脚布去抚摸玩赏时，还是会有刚柔各半的感觉，即使有柔若无骨的小脚。也只能偶尔见到，常见就难了。至于大同的名

雅趣小书

　　检验脚的方法没别的，只要让她多走几步，看她走得举步维艰还是轻松自如，观察她走得勉强吃力还是自然舒展，就能够知道一大半了。脚长得直，走起来就轻松，脚长弯了，就会行动艰难。长得正就走得自然，长歪了就走得吃力。脚长得直而正的女子，不仅姿态优美，行动自如，而且很少有臭味。大概女子脚上的臭味都是因为强扭强缠所导致的。

态
度

古人说："尤物足以使人心旌摇荡。"尤物是什么?就是女子的媚态。世人不知道这一点，以为尤物就是美色。哪里知道颜色再美，也只是一种物，又怎能使人心旌动摇呢?美色必须再加上媚态，才能成为尤物，如果说美色就是尤物，就可以令人心旌动摇，那今天用绢扎的美女和画上的佳丽，其容颜较之活人美丽岂止十倍，为什么倒不能令人心旌动摇，而令人害相思，忧郁成病呢?由此可知"媚态"二字是必不可少的。

媚态在女人身上，就好像火之有焰，灯之有光，就像金银珠宝所发出的珠光宝气，是一种无形的东西，而不是可以触摸的有形之物。正因为它是物而非物，无形而又似有形，所以才叫尤物。所以才叫尤物。尤物，就是特殊的人物，是一种说不清楚的事物。凡是那种一见就令人苦苦相思而不能自禁，以致拼命也想要得到的女子，都是这种特殊的人物，都是说不清又道不白的事儿。我在这个

"态"字上，真是叹服天地造人的精巧，鬼神造物的神奇。假若让我作为造物的天地鬼神，形体我能够赋予她，知识我能给予她，至于这种是物而非物，无形而又似有形的媚态，我实在不能变化出来，使它能从无到有，又从有而复归于无。态这东西，不但能使美的更美，艳的越艳，而且能使老的变年轻，丑的变漂亮，使无情变为有情，使人在不知不觉中就被它所迷住。女子一旦有了媚态和三四分姿色，便可抵得上六七分姿色。要是试一试让一个有六七分姿色而无媚态的女人，与一个只有三四分姿色而具媚态的女子站在一起，那么人们只会爱那个三四分姿色的而不会去爱那个六七分姿色的。这就表明媚态相对于姿色而言，还不只是超过一倍的魅力。再试以有个二三分姿色而无媚态的女人与一个完全没有姿色而只有媚态的女子站在一起，或者让她们分别与人说上几句话，那么，人们一定只会被那个有媚态的女人所吸引，而不会对那个有二三分姿色的女子感兴趣，这就表明，媚态相对于姿色而言，还不只是以少胜多，而且能够以无胜有啊！如今的女子

中，常有那种相貌姿色虽一无可取之处，却能令人朝思暮想，刻骨铭心，甚至舍了命也要追求的女子，这就是那个"态"字在其中作怪。

由此可知，无论是挑选容貌，还是挑选姿色，总不如挑选媚态这一点更为重要。媚态是天生的，不是可以勉强装出来的，勉强装出来的媚态，不仅不能增添美色，反而会使人变得更加丑陋。同样是皱眉，之所以西施作出来就令人怜爱，而东施作出来就令人厌恶，这就是天生的媚态与强装出来的媚态的区别。观察脸面、肌肤、眉毛、眼睛的方法，都能够用语言表达出来，唯独观察神态这件事，则我心中虽然知道该怎样做，却实在无法用语言表达出来，用语言所能表达出来的是物，而不是尤物。噫!能够让人心里明白，却又让人想说又无法说清楚，说它是物又是怎样的物?说它是事又是怎样的事? 这岂不是生于天地间的一大怪物，是从古至今说不清道不白的一大怪事吗?

有人质问我："既然你已经就女人的媚态形成了见解，却又不教给人选择的方法，终究让人觉得有点含糊不清，何不且不谈深奥的理论而谈点简单粗略的方法，给选择美女的人略略提示点要领呢? "我回答说："非要我勉强说一说不可的话，就只有把我亲眼所见的事说出来，姑且作为范例吧。我从前在扬州时，曾代一位贵人选择小妾，打扮得花枝招展而来的女子不止一人，开始都低头站着，等到叫她们抬头时，其中一个毫不害羞马上就抬起了头;另外一个则满面娇羞，十分腼腆，叫了她好几遍后才勉强抬起头来;还有，一个开始没有马上抬头，等到劝了她之后就同意了，她先是眼睛轻轻一转，似乎是在看人，其实又不是看人，一转之后又定住眼神，然后才抬起头，等人看完，又是轻轻一转眼，然后低下了头。这就是所谓的态啊!记得从前有一次我外出春游遇上了下雨，跑到一个亭子里避雨，看到许多女子，有漂亮的，也有丑陋的，都慌慌张张地跑进亭子里来避雨，样子很狼狈，其中有一位穿白衣的贫家妇人，年纪大约三十岁。别人都奔进了亭子里，她却一个人在亭檐下徘徊，因为亭子里已经没有空地了;别人都在使劲抖落衣服上的雨滴，怕湿透衣服。只有她听任湿衣服穿在身上，因为她知道自己立于亭檐下，受雨滴侵袭，抖也没有用，只能使自己更狼狈。等到雨小了些，大家纷纷准备上路，只有她犹犹豫豫地落在后面。走出去没几步，雨又下起来了，大家只好又跑回亭子里。她却已经先站到了亭子里，因为已经料到大家还得转回来，所以先占据了好位置。虽然碰巧猜中了，她却一点也没有骄傲的神情，看到后来的人反而站到了亭檐下，衣服比先前又要湿了好几倍，这位妇人就帮助别人整理湿衣。看她作出的各种各样的姿态，简直就像是老天爷有意集合了一群丑女来衬托她一个人的娇媚。我从旁观者的角度来观察，她开始不动，似乎是要以庄重的举止来保持自己的风度；后来她故意动，又似乎是要借往返走动来表现出自己的媚态，可是，她又怎么能够肯定天还会下雨，而预先准备好对策等待实行呢！她的保持风度是出于无心，她的表现媚态也不是有意识的，都是天赋的媚态，自然流露出来的！当她保持矜持的风度时，就已经先有一种无法形容的娇羞的韵致流露出来，令人顿生怜爱之心，不用等到她的魅力充分表现之后才能感觉到。这两件事，都是有关女人媚态的例子，列举出来以说明个大概。嗨！以一个三十岁左右的贫家妇人，只因为姿态有点儿与众不同，就把那些妙龄少女和豪门贵妇都给比下去了，媚态的作用难道还小，难道还鲜见么！

有人问：连圣贤神仙的高深境界，都能够通过修养锻炼而达到，难道唯独女人的媚态不能够通过学习而掌握吗？我回答：学倒可以学，要教会却不能够。那一人又问：既然不能够教，为何还说可以学呢？我说：让没有媚态的女人与有媚态的女人同住在一起，朝夕熏陶影响，或许能够逐渐被同化。这就如同蓬草长在麻地里，不用扶它自然会长直，又如同鹰变成鸠，其形体受到节气的影响而改变。像这种情况是能够做到的。可要是想像老师教学生一样地来进行灌输，那就像一部二十一史，叫人该从哪里开始说起呢?只怕会越说越让人变得木讷、呆笨，那可如何是好!

　　只有天姿国色的女人才用不着刻意修饰。姿色稍稍差一点的女子，就免不了要以人工来修饰。不过我认为，这"修饰"二字，无论是漂亮女子还是丑陋女子，都少不了。俗话说："三分长相，七分打扮"，这是针对长相一般的人来说的。可是，有七分长相的人，能少三分打扮吗?就算是有了十分长相，难道连一分打扮也不需要了吗?依我说不能，因此，美容妆饰的道理就不能不着重讲一讲。如今社会上从事美容妆饰的人，不只是技艺极为高超，几乎能变恶鬼为真神，我即使殚精竭虑，勉强创造一种新的理论，但人心聪慧灵巧，而我的法子又不是那样的好。二者相比，不只是如小巫见大巫，简直就像是小巫的徒弟去教大巫的师傅，要是不遭人耻笑，不遭人鄙视那才是新鲜咧！不过，话说回来，大家都追求时尚，往往会走到极端。这并不是一开始提出美容就不好，而在于每个人都想要超过别人，自己也想一天比一天翻新，互相攀比，争奇斗艳，就走到了极端，反而导致失去了真正的美。

传说古时楚灵王喜欢细腰的女子，宫女们便节食来减腰围，结果都饿死了；楚王喜欢高的发髻，宫女们便都梳起了一尺高的发髻；楚王喜欢宽大的袍袖，宫女们便都用整匹的布帛来做袍袖。细腰不是不可爱，高髻大袖不是不美观，但为了美而竟至饿死，那就由人变成鬼了；发髻蓄到一尺高，袍袖用整匹帛来做，不但不美观，简直和妖魔鬼怪没有什么区别了。这不是喜欢细腰、喜欢高髻大袖的人的过错，而是那些自己愿意饿死，自己愿意蓄高髻，自己愿意穿宽大袍袖的女子的过错。退一步说，也不是这些自甘饿死、自蓄高髻、自着大袖的女子们的过错，而是没有一个人以她们的过失为戒，树立一套法则，教给她们应当如何去做，不要做得太过分，也不要完全不去做，要适可而止，使她们有一套可以遵循的准则。这才是最大的失误。我看今天社会上美容妆饰的风尚，很像楚国王宫中的那种败坏的习俗。建立一套法则，本不是我这个山野村民所能够胜任的，但要是没有人去提醒她们，让她们明白那样做并不可爱，反而可憎，听任她们一天天地糊涂下去，那么，她们在活着的时候就弄得像妖魔鬼怪，已经离死人不远了，况且，腰都饿成了一缕细丝，势必就快要饿死了哩!我关于女子美容妆饰的看法，实在是包含了这么一份苦心在内的，凡是想要成为像西施那般美人的女子，想必自然能够体谅我的苦心，千万不要马上就恼怒嗔怪，指责我唐突佳人。

盥栉

洗脸的方法，没有什么窍门，只是必须把污垢洗干净，使脸上没有污迹。所谓垢，说的就是油污。油污有两种，一种是自己分泌出的，一种是沾上的。自己分泌出的油是从毛孔中沁出来的那种似汗水又不是汗水的液体，一般胖人油多而瘦人油少。沾上的油，从下往上的少，从上往下的多，因为女子的头发离不开抹油，面部紧挨着头发的部位，难保不沾上点油，况且用手按压头发，按完之后，从上到下也难免不接触到面部，油手接触到的部位，就会沾上油而发亮。油光发亮，对于面部来说似乎没有大的损害，殊不知这正是一天。里美丑的关键所在，女子面部不白或者白得不匀，就是由这儿导致的。上粉着色的部位从来就最怕有油，有油就不能上色。如果是刚刚洗完脸，还没有搽粉时，只要脸上有手指大的部位被油手沾污，等到敷粉搽脸之后，就会满面白色而唯独此处是黑的，而且黑得发光，这种纰漏是出在搽粉之前。而在已经搽粉之后，脸上被油手沾污，所污之处也同样黑而发光，因为粉上沾了油，就只见油而不见粉了，这是纰漏出在搽粉之后。这两种情况的危害好像很大，其实很小，因为被沾污的地方只是一小块，而不是弄脏了整个面部。这个道理一般女子都能够懂得。

还有一种让整个面部都受影响的大毛病，自古以来的美女都暗受其害而不知道，现在请让我给大家指出来。人们用于洗脸的毛巾，从来都不只是仅仅用于擦脸，往往擦胳膊抹胸，随手所至，就用这毛巾擦了。有汗渍的地方也就有油，这样，毛巾也早就不洁净了。即使有爱干净的人，只用毛巾擦脸，不擦别处，但能保证毛巾每次都不挨头发，快擦到额角就停住吗？一沾上发油，那毛巾便不再是没有油腻的洁净之物了。用这样的毛巾擦脸，那不是擦脸，简直就像是打磨器皿的匠人，先用油布把器皿擦光，让它沾不上其他东西，其他东西不能沾上，唯独粉能沾上吗？凡是脸上化不上妆，而且粉越匀越黑，同一种粉，有人搽了脸白，有人搽了不白，原因就都出在这里了，是因为擦脸所用的毛巾不同，而不是搽脸的粉有好坏。所以，善于匀脸的女子，一定要先把毛巾洗干净，擦脸的毛巾就只用来擦脸，而且必定用完以后就洗，不让它沾上一点油渍。这才是从根本上解决问题的方法。

善于梳头不如善于篦头。篦子是比梳子更加细密的梳头用具。头发里没有了尘埃，才能使得每一根头发都清晰可见，不然，就会像毡子一样连成了一片，分不清头发丝的界限，那样蓄出来的发髻是帽子，而不是发髻；是没有光泽的黑漆器皿，而不是如乌云一般盘绕的秀发了。因此，善于蓄养姬妾的人，应当用一百钱买梳子，而用一千钱去买篦子，篦子精细头发也就秀美，若是用稍微廉价些的篦子来篦头，就可能会使头发和头皮都受到损伤，篦不了几下就只好放弃不篦了。一定要把头发篦得特别洁净，再开始用梳子来梳理，而梳子这东西则是越旧越好。俗话虽然说："人是旧的好，物是新的好。"但这并不是针对梳子而言的。当实在找不到旧梳子时，有条件的富人可以买象牙梳子，而穷人则可买兽角制的梳子。崭新的木梳一

用起来就会扯头发根，而且容易断齿，若不用油浸泡十天就不能用。

古人称发髻为"蟠龙"。蟠龙是发髻的本来形状，而不是靠妆饰弄成的，随手一绾，都可以绾成蟠龙的样子。可见古代女子的梳妆，全是发乎自然，一点儿都不造作。不过，龙是一种经常变形的动物，头发也没有固定的形状，假使它们的样子传到今天一点儿变化也没有，那么，龙就不是蟠龙，而是死龙了；发髻也不是美女的发髻，而是死人的发髻了。难怪今天的人善于变化发型。常改变发型诚然是对的，但是她们改变发型只是一味追求时髦，而不管是否合理，只是一味追求发型翻新，而不惜丢掉自然的美。凡是要模仿一种事物，必须要根据它真实的形状来模仿，必须根据它所具备的形状来模仿，又必须根据形状、颜色和它相类似的事物来模仿。没有见过完全凭空捏造、全不问是否合情合理而任意蛮干的。古人把头发称为"乌云"，把发髻称为"蟠龙"，就是因为云和龙二物都生在天上，很适宜形容在头顶上的发髻。头发环绕飘柔的样子像云，头发盘曲的样子像龙。而云的色彩有乌云，龙的色彩有乌龙。这样，颜色、形状、情理样样都很吻合，因此而得名，并不是凭空捏造，任意取名而不顾情理。我暗里觉得奇怪，现在所谓的"牡丹头""荷花头""钵盂头"等种种新奇的发型，都是极尽标新立异之能事，令人刮目相看。可是，于情理、于形状颜色相似的要求，却一点也不考虑!人体的各部位中，手可以生花，有江淹的"妙笔生花"故事为证；舌可以生花，有如来佛"出广长舌"的故事为证；可就是没有听说过头上也可以生花的，要是能生花也是从今天才开始的，这就是说不应当出现的事如今却出现了。女人虽然有在头发上簪花的传统，却从来没有用头作花而以身体为蒂蔓的；钵盂是盛饭的器具，没有把钵盂倒扣到活人的头上，像一个倒置的盆子一样的。这都是过去从来没有听说过的事，是现在才开始听到。这就是说不应当有的东西如今却已经有了，百花的颜色，万紫千红，唯独没有见过黑色的花。假设有个女人站在这儿，有人称她为"黑牡丹""黑莲花""黑钵盂"，这女人定会怫然大怒，接着还会骂人哩。这种连名称也不乐意听人叫的怪东西，竟然自己还要去模仿它的形状，这难道不是一桩令人完全不可理解的事吗？

我认为美女所梳的发髻，不妨日新月异地变换样式，但必须要考虑到合乎情理。合乎情理的发式是多种多样的，但总不会比云和龙更惟妙惟肖了。仍沿用云、龙的名称而变换具体的形状，这就可以既保留了传统又革新了内容，使得古今发式并行不悖了。不要认为只有云和龙两种东西，变化的发式很有限，应该懂得，普天下的事物，其姿态形状千姿万态，越变化越无穷尽的事物，再没有胜过云和龙的了。龙虽然善变，也还不过是变作飞龙、游龙、伏龙、潜龙、戏珠龙、出海龙等数种；至于云这种物质，眨眼功夫就能几次改变位置，一瞬间就变化几种形状，"千变万化"这四个字，还是一种有数字定量的说法，其实云变化的形状，用"千万"这两个字，还是远远不足以计算的。要是有一位聪明的女子，每天仰观天象，留神云彩的变化，既模仿云的形状梳成发髻，然后又模仿发髻的形状描绘云，即使一天变换一个发式，也不能穷尽云彩变幻的千奇百态，何况未必需要天天变换发型呢?要是认为天高云远，看不清楚，难以效法模仿，那可以让画师画出几朵形状新巧的云，剪成纸样，衬在头发下面，等梳洗完毕之后，再取掉纸样。这是一种简便易行的方法。梳云髻的时候可以上色，有时还可以簪上时新花朵，或是插戴珠翠，幻化成云端的五彩，看上去光怪陆离，但必须选择合适的地方插戴，让插戴的饰物与云的整体相吻合，好像其中就应该有这件东西，不要露出花朵珠翠本身的形状，这样就十分完美了。模仿龙的方法如下：如果想梳成飞龙、游龙形状的发型，就要先把自己的头发梳理平整光滑，呈自然状，不加妆饰，然后用假发制作成龙的形状，将它盘旋缭绕在自己的头发上，必须要使它和头发稍稍保持一点间距，不要让它和头发粘贴在一起，这才不会失去飞龙、游龙的象征意义，若和头发粘贴到了一处就是潜龙和伏龙了。让它保持悬空的办法，只不过是用一两根细铁丝，衬在人看不见的地方，如果是龙爪向下，就用头发作线，把龙爪缝在头发上，就可以固定不动了。戏珠龙的梳法是：用假发作两条小龙，缀在发髻的两旁，龙尾向后，龙首朝前，前面缀上一颗大珠，置于靠近龙嘴的地方，取名为"二龙戏珠"。出海龙的梳法也依照这种方法，不过要用假发制成波浪的形状。缀于龙体的空隙处，这都是很容易做到。这几种方法，都是模仿云和龙，分别制作的，这样，云就是云，龙就是龙。我却认为，云和龙这两种事物不应该分开。所谓"云从龙，风从虎"，《周易》已经有了成说，所以，应当把二者合起来仿制，同样得用假发，同样都得做假，为什么不同时妆饰出云和龙的形状，使龙不要露出整体，云也不要饰出整朵的云，忽而见龙，忽而见云，让人无法看清全貌。这样，美女的头饰便总能保持盘旋飞舞的状态，早上像流动的云霞，晚上又变成了绵绵的雨丝，几乎使云和龙的神奇姿态得到了最充分的表现，就像是那神龙见首不见尾的巫山神女又现身了一般!唉,我笠翁在这方面耗尽了心血，梳这种发髻的女子，真应该崇拜我。当我去世之后，如果能够变成神仙，就要出入于女子绣房闺阁之中，检验美人们所梳的云龙髻，看是否真正能使花容月貌的女子再添几分娇美。

薰陶

　　名贵的鲜花与美丽的女子所发出的气味是相同的，绝色女子身上必有一种天生的香味。这种香味是在母胎里就形成了的，不是靠后天薰染成的，美女身上的的确确有这样一种体香，这并不是溢美之词，有些姿色并不十分艳丽的女子身上也能带有这种体香。总之，女子身上一旦有了这种体香，就可能是半途夭折或遭受磨难的先兆，所谓红颜薄命，没有比这应验得更快的了。国色天香的美女与虽无国色却也有天生体香的女子，都是一千个女子中才能遇到一个。其余的女子若想带有香味，就必须借助薰染的力量了，靠什么来薰染呢？富贵的人家，可以选择花露，所谓花露，就是摘取花瓣放入小瓦罐里酿制成的一种香水，最上等的是蔷薇花，其余众花就要差一些。使用花露的时候不需太多，一般在洗浴之后，倒出几匙在手掌上，拭遍全身和脸部，轻轻拭匀。这种香味的妙处就在于，它像花又不是花,是露又不是露,有花的芬芳却又没有植物的气味,以这种香水为最好,它不像其他花的香味,要么一嗅即逝,要么太过沉郁,是兰花还是桂花,一嗅就能嗅出来。

其次就是用香皂洗浴身体,将香茶噙在口中汲入香气,这都是女子应该做的事。香皂这东西,也有它神奇的作用,人身上偶尔沾上些脏物,或者偶然染上了臭气,用香皂一擦洗,就全部消除了。由此推论,可以将百合花的特殊香味,掺进香皂里洗浴,一定能将脏物与臭气一起洗掉,让皂沫和脏物、臭气一起都消失在水中了,而且,这种香皂只除臭气而能保留香味,好像它具有只除邪气而不改正气的识别功能。好的香皂,洗完之后,香气整天不散,这难道不是大自然的造化,专用来供美女们化妆洗浴而用的吗?香皂以江南六合县出产的为最好,但价格要略嫌昂贵些,而且又恐距离太远而不容易买到。因此,有多的就可以用来洗浴身体,少了就只用来洗脸,这也是根据各人的具体情况的一种权宜之计吧。

至于用香茶噙于口中,花费其实也不是很多,一般人只知道香茶昂贵，却不了解每天所需要的不过是拇指大的一片香茶，轻得不能再轻了。用时把它撕成数块，每天在饭后及睡觉前，用一点儿来润润舌头，则满口都充满香气，含多了就会发苦，反而成了药味。以上所说的，都是人所共知的。而我特地重申一遍，是要用以证明美人身上的香气是不能够缺少的。还有一种东西价格更加便宜，人们吃了只知道它的味道甜美，闻着却分辨不出它的香味，让我来揭开这个秘密吧：它就是水果中的荔枝。荔枝虽然是尘世的产品，实际却和神仙吃的交梨、火枣没有区别。它的颜色是国色，它的香味是天香，是果品中的神奇之物。我游历福建、广东时，有幸饱尝了一场才回来，真可以说是没有白长这张嘴。只是遗憾上天有私心，不让各地都产这种水果。荔枝陈果不如鲜果，这是人人都知道的常识了。却不知道陈荔枝的香气也并未全部消失，这种荔枝和橄榄的功用相同，其妙处在于吃完回味的时候。美人在睡觉前只吃一枚，就会香气溢口，可以保留整整一夜。吃多了反而会甜得发腻。必须选择优质的荔枝食用，枫亭荔枝是一种很好的选择。有人问：沁在口中的香味，是留给美女自己享用的呢？还是留给陪伴美人的人享用的呢？我认为：多半是给陪伴美人的人享用的，要是谈到美女，她们身体的五官四肢都是供男人享用的，又何止是口中的香味呢？

点染

"却嫌脂粉污颜色，淡扫蛾眉朝至尊。"这是唐代诗人的绝妙佳句。现在一般人多忌讳谈到脂粉，动辄就说那是埋汰人的东西。也有人满面都涂满了香粉，却还说香粉搽不上脸，满嘴唇都浓抹着胭脂，还说胭脂沾不上嘴唇。这些女子都是过分迷信唐诗，把自己当成是虢国夫人了。唉，脂粉又怎么会弄脏人呢？都是人自己把自己给弄脏了啊!有人说胭脂和香粉这两样东西，本来就是专门为中等姿色的女子预备的，美貌的女子没有必要用它。我认为不是这样，只有美貌的女子才有必要搽脂抹粉，其余的女子倒似乎可以不需要了。为什么这样说呢?因为这两样东西也是颇懂得世态人情的，很有些趋炎附势的意味。

美貌的女子使用它们，能更增添几分姣美，而丑陋的女子使用它们，则更加了几分丑陋。若是让一位绝代佳人薄施脂粉，略染腥红，她怎么会不变得更加娇艳迷人呢？可若是让一位丑陋粗黑的女人浓妆艳抹，搽上厚厚一层香粉，搔首弄姿，又怎么会不把大家都吓跑呢?要问为什么会是这样子的，那就是因为脸色白嫩的人搽上香粉之后，就会变得越发白嫩娇媚，而脸色黑糙的人搽上香粉之后，却很难马上就变得白皙起来。黑糙的脸上搽上白色的香粉，就像是故意要突出脸色的黑糙，而用白色的香粉来作衬托似的。我们试着把一团墨和一盒粉分别放置在两个地方，然后再将它们合起来置于一处来观察，那你就会发现，它们分别放置的时候，黑的就是黑的，白的就是白的，虽说其本性各不相同，但还不至于互相排斥；等到将它们合起来置于一处时，就会觉得黑的不舒服，白的也不自然。两种东西互相妨碍，是难以揑合在一起的。原因就在于，天下万物，同类事物可以合于一处，即使不是同类而相似的事物，也是可以合于一处的，至于那些不但不是同类，也不相似，而且是相反的事物，则是断断不可将它们合于一处的，若硬要合于一处必定会是很不合适的。这就是说香粉不是什么人都可以随意乱抹的道理。

胭脂就不一样了，脸色白嫩的人可以擦，脸色黑糙的人也可以擦。不过胭脂和香粉这两样东西是互相衬托、相得益彰的。脸上搽香粉，唇上再涂胭脂，则脸色就光鲜明丽，灿然可爱。倘若脸上没有香粉的光鲜，只是涂红了嘴唇，那不但显不出红唇来，还会使脸色由黑变紫，因为紫这种颜色本不是天生的，正是由红色和黑色这两种颜色混和出来的。黑色一遇上红色，便如故友相逢，不用刻意去捏合它们也会自然合于一体，黑红两色交相辉映，无形中脸上便会浮现一层紫气，就像是让她像传说中的老子乘青牛西游一般，会飘逸着五彩斑斓的祥光。

这样看来，脂粉这两样东西终究是与这类女子无缘，她们一生都可以不需要这些东西了。可为什么世上的女子人人都对它们恋恋不舍，又时时刻刻都需要它们，而男人们也并没有因为女人多抹了脂粉就抛弃她、不接纳她呢?我说：不能这样看问题!我前面所分析的，是指的那些脸色最黑的女子，也就是归于我所说的既不是同类，也不相似而且是相反的那类情况。如果脸色介于黑与白之间，那就是属于同类而且相似的情况了，既然是同类而且相近，有什么不可以共处的呢?只是必须要施之有法,使得搽在脸上的脂粉浓淡适宜,那样,胭脂和香粉便能够竞相施展各自的魅力了。

◆　　敷了香粉的脸从来都只经得起远看,而不适宜于近看,因为香粉是很难敷匀的。画师作画上色时,必须要在绢帛或宣纸上涂抹一层明胶才能够将金粉上得匀,不用明胶的话就很难将金粉研调匀。人的脸部不同于绘画的绢帛或宣纸,万万没有用胶的道理。这正是香粉难以敷匀的原因。有这样一种方法:请将一次敷的粉分成两次来敷,由淡到浓,由薄而厚,那就可以保证不出现这种问题了。我可以用别的事例来作个比喻:例如砖瓦匠用石灰粉刷墙壁,必须要先粉刷一道粗灰,然后再刷一道细灰。先前上粗灰时没有粉刷到的地方,后来加刷的细灰可以弥补;而后来刷细灰时再偶有遗漏的地方,又已经有了先上的粗灰作为衬底,这样就能够做到厚薄相互弥补,几乎看不出破绽来。假使要是将两次所刷的石灰合并为一次粉刷,那么,不仅笨拙的工匠难以刷匀,即使是能工巧匠也不能刷得面面俱到、厚薄均匀。粉刷墙壁尚且如此，又何况是在脸上施粉呢？现在将一次所敷的香粉，分成两次来敷脸，先敷第一次，等到它稍微干了，然后再敷第二次，这样，过浓处便能抹淡些，而过淡处又能施浓些，使得浓淡适宜，虽然并不是有意识这样去均匀，它便能自然而然地巧妙调和均匀，这样一来，无论是远看还是近看，再不会不适宜了。用这种办法不但能将香粉抹和均匀，还能改变肌肤的颜色，使黑皮肤逐渐变白。那又是怎么回事呢？

打个比方说，染匠染布的时候，无不是由浅到深地染。在深色和浅色之间，还另有一种既不是深色也不算是浅色的过渡颜色，就好比是做文章有传承启转的过渡段一样。如果想染成紫色的，就必须先把白色染成红色，再把红色染成紫色，红色就是介于白色和紫色之间的过渡色，没有从白色直接染成紫色的。如果要染成青色，必须先把白色染成蓝色，再把蓝色染成青色，蓝色就是介于白色和青色之间的过渡色，没有从白色直接染成青色的。如果妇人的脸色稍微黑一些，要想让她直接变白，确实是非常困难的。现在让她先在脸上匀一次薄粉，这样，她脸上的肤色便已经是介于黑色和白色之间了，不再是像过去那样的纯黑色了。再上一次粉时，就是让肤色从浅白色变成白色，而不是直接由纯黑色变成全白色了，这两种情形的难易程度，相差岂不是大相径庭吗！由此类推，两次还可以发展为三次，深黑色也可以等同于浅黑色一样了，人世间也就没有不能用粉来匀脸的女人了，这个道理并不需要等到亲身验证后才能明白。凡是读这本书的人，阅读到这儿，就该知道我湖上笠翁原本便不是粗俗愚蠢的笨人，不但是提倡风雅的功臣，也可以称得上是女子的知己。我开始论述脸色的黑白时，立论似乎过于苛严。其实并不是过于苛严，我的本意是要让女人们懂得这种情形对她们造成的弊害实在是很大的，然后才能使她们为此而感激，知道我果然有起死回生的神力。除去上述方法，还有两点值得注意，虽然都比前面说的要浅显易懂，但对女子来说也是不可不知道的：第一，匀脸时必须要连脖颈一起匀粉，否则就会前面白而后面黑，就像是戏台上的鬼脸。第二，匀脸后必须记住要梳理眉毛，掠去眉毛上的香粉，否则白色的粉屑会蒙在眉眼上，就像是春季社日祭祀土地神时赛会上那个白眉的社婆。至于涂抹嘴唇的方法，又和匀面相反。轻轻一点就可以了，这样才会像樱桃的形状。如果点一次又点一次，陆续修饰，反复抹上两三次，那就会留下长短宽窄不一的痕迹，那就成了成串的樱桃，而不是一粒樱桃了。

治服

古话说："三世长者懂得穿着，五世长者懂得饮食。"俗语说："三代作官，穿衣吃饭。"古代的俚语与今天的俗语不谋而合，可见，要真正深谙衣着饮食之道不是一件容易的事，关于饮食一事记在另外一卷书中，在这里不作讨论，只专门谈谈衣着一事。

贫贱的人家，因自己的衣服破旧而觉得羞耻，动不动就说没有钱置买衣服，说等有朝一日发迹了，我家的男人也可以衣轻裘、骑肥马，风度翩翩，我家的女人也可以衣着华丽，楚楚动人。他们哪里懂得，衣衫穿在人的身上，就跟人生活在某个地区一样，人要习惯当地的风土人情，需要较长时间才能够适应。要是拿一件极奢侈极华丽的服装，猛然穿到一个向来俭朴的人身上，那么，衣服也会像一个初来乍到的生人，常常会染上水土不服的病症。明明很宽大的衣服他会觉得窄了，衣服明明很短他却又疑心太长了，手想要伸出来时却像被衣袖藏住了，脖子要伸直却像被衣领给扭歪了，衣服不听人的使唤，简直就像是被套上了一副枷锁。成语"沐猴而冠"，人们嘲笑猕猴戴帽子，并不是因为猕猴不能戴帽子，而是因为它戴着帽子时那副不习惯的可笑模样，是猕猴的头与人的帽子太不相称的原因。上面说的还只是粗浅的看法，没有涉及精深的道理。

　　古人说"衣以章身"，让我来解释一下这句话。所谓"章"，在这里是指穿着，而不是说的文采彰明的意思；"身"在这里也不是指的一般意义上身体的"身"，而是指的容纳着聪明或愚蠢、贤明或不肖的内在气质修养的载体，就好像是《礼记·大学》上说的"富贵润泽其屋，品德润泽其身"的"身"，即能够反映出一个人的内心修养的"身"。同样一件衣服，富人穿上能够穿出富人的气派，而穷人穿上却越发显出穷人的窘态。高贵的人穿上显出他的高贵，而低贱的人穿上越发显得低贱。有道德品行的贤人与无德无才的小人即使穿着打扮相同也一样能显示出不同的气质修养来。假设有一位年长的大富翁在这儿，尽管他穿着缀满补丁的衣衫，趿拉着露出脚跟的鞋子，但他身上那种雍容富贵的气质，仍然能够透过破衣烂鞋跃然体外，让人不用问就知道他是一位尊贵的长者。这样看来，虽然是穿着脏旧的衣衫也仍能显现出人的富贵，又何况是穿着绣花的绫罗绸缎呢?乞丐和仆人偷了华丽的衣服穿在身上，往往就由于这个原因被人识破而招来祸患，因为并不一定是粗麻短衫才显出人贫贱，有时穿长袍华服也一样能显出贫贱之气来。

所谓"富贵能润泽其屋，品德能润泽其身"的解析，也正是这样的意思。富人所住的房屋，不一定都要是画栋雕梁，他即使是住在几间茅草房里，当人们经过他的家门或走进他的居室，往往能从柴门土窗之间感受到一种兴旺之气，这就是所谓"润泽"的含义。公侯将相死后，其子孙不成器，即使居住的宅第没有丝毫改变，但从那儿经过的人也会感受到凄冷之气袭人，这是由于家族衰败的原因，没有能够润泽其屋，使之充盈兴旺之气了。有些研读《大学》的人没有能真正领悟"高贵润泽其屋，品德润泽其身"的含意，把"富贵润泽其屋"解释成"富贵了要雕镂粉饰宅第"的意思，如果真像他们所说的那样，那么，富人可以舍弃他的旧房，另觅新居而加以雕镂粉饰，岂不是说品德高尚的人也要舍弃他原来的身体，而另换一个新的身体，然后说自己心宽体胖了吗?读书真是太难了!而注释训诂的学问也很不容易掌握。我曾经把这种观点写进了小说，现在又再次在《闲情偶寄》这本书中叙述。唉，这样深奥的诠释，又岂是我这种好闲情、作小说的人所能阐发得清楚的呢?也就是偶尔抒发点自己的感想罢了。

首饰

　　珠翠宝玉是女子用于装饰头发的饰品。可是，对于女子来说，这些珠宝首饰既能够使她们更加娇媚艳丽，也能够减损她们的娇媚艳丽。

　　说它能增加女子的娇媚，是因为有的女子脸色不够白嫩，有的女子头发发黄，要是在头上戴上这些奇珍异宝，就会光芒四射，能够使肌肤和头发都改变色泽。这种情形就和山中蕴藏着宝玉会使山变得灵秀，水中蕴藏着骊珠会使水变得柔媚是一个道理。但要是让一位肤色白嫩，头发黑泽的美女，头上插满翡翠，两鬓带满金银珠宝，就会只见金而不见人，好像是鲜花掩藏在叶底，皓月隐没在云中。这等于是让一位完全有资本出头露面的人，故作藏头盖脸的事。有眼光的人见了，还能透过那些珠光宝气的首饰发现她美丽的真容，会说她的美丽应该不只是如此，要是让她除去了头上的各种首饰而露出天生丽质，还不知该会多么妩媚；假使遇上了那种只会看外表的浅薄之人，就会只去注意女子妆饰的新奇，而不懂得去欣赏她美丽动人的姿色容貌，那就等于是用人来装饰珠翠宝玉，而不是用珠翠宝玉来装饰人了。所以，在女子的一生中，要戴珠宝翠玉这些首饰，只能够戴上一个月，千万不要长期戴。所谓戴一个月，就是从做新娘出嫁那天开始，到满月卸妆那天为止。只戴这一个月，也还是因为无可奈何才不得不戴的。父母置办一场，公婆聘娶一次，不这样艳妆盛饰，不足以安慰他们那份慈爱和辛劳的苦心。过了这段时间以后，就应当除去这些"美丽华贵的枷锁"，解除它们对自己的束缚，终身不再忍受它们的折磨了，一只发簪一对耳环就可以相伴一生，对于这两件饰品，却不可不选择式样最精美、质地最好的。

富贵人家不妨多收存金玉犀贝一类的首饰，根据它们的属性，经常变换插戴，有时隔几天一换，有时一天一换，都未尝不可。贫寒人家没有能力置办金玉首饰，宁可用骨角首饰，也不要用铜锡首饰。骨角首饰耐看，手工好的，看起来和犀贝首饰没有区别。铜锡制的首饰不仅很俗气，而且会损害头发。除了发簪和耳环之外，应当装饰的是鬓角，没有比在那儿插几朵时令鲜花更美妙的了，比较起珠宝翠玉来，不仅雅俗的区别明显，而且一个是充满生机的活物，一个是呆板无趣的死物，真是迥然有别。

唐代诗人李白写的《清平调》头一句便说"名花倾国两相欢"。欢就是喜欢的意思；相欢，就是说他喜欢我，我也喜欢他。所谓国色乃是说的人中之花，名花乃是花中之人，国色与名花可以说具有同样的格调，正应该朝夕相处。汉武帝曾说："如果能够得到阿娇为妻，我要造个金屋将她藏在里面。"要依我说，金屋倒可以不造，药圃花榭则是一定要建一个的，这是不可缺少的。富贵人家，要是娶得个美女，就应该到各地遍觅名贵花卉，种植在庭院内，让美女与名花早晚相亲相处，那种珠围翠绕的富贵之气相形之下实在是不值一提的。

美人晨起簪花，任由她自己选择，喜欢红花便簪红花，喜欢紫花便簪紫花，随心所欲地簪戴，自然能适合自己的气质，这就是所谓"两相欢"的意境。贫寒人家若是娶得美女，只要屋舍旁边稍有空地，也应该种树栽花，以备美人点缀鬓发的需要。其他事情可以节省，唯独这事是节省不得的。女子的青春能有几许?男子要得到一个美女也不是容易的事。有许多男子身为公侯将相，出身富室大家，有的因为机缘太薄，有的因为妻子妒悍，一心想要亲近美女，却终生没有机会满足心愿。我辈又算是什么人，竟然能够专美这种乐趣!要是不做一两桩让美女开心的事取悦她，不拿一两件首饰妆点她的容貌，那简直是暴殄天物，好比将好米好饭倒进了粪土之中一样。即使是赤贫的人家，家无立足之地，想要种植时令花卉却没有条件，也应当到有名的花圃去讨几枝，到花担上去买几枝，就算每天要花费几文钱，也不过等于少喝一杯酒。这样，既能博取女子的欢心，又能让自己看着高兴，岂不是得了很大的便宜么!还有比这更节俭的办法，近来苏州所制的假花，精美绝伦，与从树枝上摘下的鲜花一模一样，完全是用通草制作的，每朵不过几文钱，可以用一个多月。用绒绢制作的假花，价格高出一倍，反而不如这种花精美、雅致和逼真。可现在人们所喜欢的偏偏是绢花而不是用通草做的假花，难道东西不管美丑好坏，只论价格的贵贱吗?唉，如今看人取人，不也是这样的吗，又何止是东西呢!

苏州所制的假花，花朵像是有生命的鲜花，叶子却不像，家家户户做的都是一样，真不知道是什么原因。若是去掉它的假叶子而缀上真的叶子，那就会因为叶子是真的而花也越发逼真了。这也算是一个办法。

鲜花的颜色，以白色为上品，黄色次之，淡红又要差一些，最忌讳的是大红，尤其忌讳的是木红。玫瑰，是鲜花中香气最浓郁的，但它的颜色太艳，只适合压在发髻下面，让它的幽香悄悄地从发间飘散出来，不要让花形完全露在外面。全露出来就像是村妇的妆饰了，因为村妇除了红色便不喜欢别的颜色。

花中的茉莉，除了让人戴在发髻上，再没有别的用途了。可见天生此花，原本就是为了让它为女子梳妆打扮而服务的，连天都有此意，梳妆打扮还能少得了吗?珍珠兰花也是这样的，珍珠兰的妙处，胜于茉莉十倍，只是不是到处都有，这真是一大憾事。

我在前面论述发髻时，想叫人废除"牡丹头""荷花头""钵盂头"等奇形怪状的发髻，而用假发做成云龙等发型。有人批评我的这种观点是错误的，说："我们教人做人的方法，应当使天下人都去伪存真，怎么能够教人做假呢?"我回答说："让生活在今天的人们，按照古人的处世法则去生活，这种立论倒是很好，可是有谁肯照着去做呢?还不如因势利导，使他们渐渐接近自然。"女人的头上不能没有首饰，自古以来就已经是这样了，与其让她们戴上那些珠宝翠玉，还不如用假发来妆饰。假发虽说是假的，但毕竟还是女子头上原本就有的东西，以此作为妆饰品，可以说是恢复她本来就有的东西，又不用穷奢极侈地浪费。这和我推崇鲜花，贬斥珠玉，是同样的道理。我难道不会也发表一通冠冕堂皇的高论吗?可我想那种大话对于世道人情是没有什么补益的啊!

发簪的颜色宜浅不宜深，因为要和黑色的头发相对

应。发簪中，玉簪为最好，其次是接近黄色的犀角簪和近
于白色的蜜蜡簪，再次是金、银质地的发簪。玛瑙色、琥
珀色的发簪都是不能用的。簪头要模仿某种物体，如龙
头、凤头、如意头、兰花头之类，都属于这种情况，但应
当要结实耐用，形状自然，不必要精雕细琢；最好让发簪
与头发互相依附，贴于一处，不要让簪头翘起像要跳跃起
来的样子。因为簪头的作用就是为了压住头发，越服帖越
好，若是让它悬空就完全错了。

　　装饰耳朵的耳环是越小越好，或者是一粒珠子，或
者是一点金银，这些都是家常佩戴的饰物，俗名叫"丁
香"，因其形状酷似丁香。如果要配盛妆艳服时，就不得
不挑略大一些的耳环，但也不要超过丁香的一至两倍。耳
环既要求形状细小，又要做工精巧雅致，切不可做成像古
代那样的络索类饰品，又不是在元宵节，何必在耳朵上挂
一串灯呢?若再佩戴上珠宝，简直就成了福建产的珠灯，丹
阳产的丝料灯了！它们做为灯就已经够让人讨厌了，何况
是作为耳环挂在耳朵上呢?

衣衫

　　女子的衣服，不贵在精美而贵在洁净，不贵在华丽而贵在典雅，不贵在与家境相称，而贵在与容貌相宜。绫罗绸缎绣花绘彩的衣服，要是沾上了污垢或蒙上了尘土，反而不如布衣显得鲜美，这就是我所说的贵在洁净而不贵在精美的理由。大红大紫等太深太艳的颜色，不适合时尚，反而不如浅显淡雅的颜色合适，这也就是我说的贵在典雅而不贵在华丽的理由。富贵人家的妻子，适于穿绣花绘彩的华服，贫寒人家的女子，应当穿白色布衣，这是所谓与人相称。然而，每个人都有与生俱来的面容，不同的面容应有与之相配的衣服，不同的衣服要有与之相配的颜色，这都是有一定的讲究的，而不是能够随心所欲地搭配的。

　　现在不妨做一个试验：拿一件新衣服，让几个少妇先后穿上它，结果一定是有一两个人穿了好看，一两个人穿了不好看，这是因为她们的脸色与衣服的颜色有相称和不相称的区别，并不是由于衣服本身有什么厚此薄彼的私心和偏向。假若富贵人家的妻子脸色不适宜穿绣花绘彩的华服，而适宜穿素雅白净的布衣，却一定要脱掉白布衣衫，改穿绣花绘彩的华服，这岂不是和自己的脸过不去吗?所以说，女子穿衣，不贵在与家境相称，而贵在与容貌相宜。

一般说来，脸色最白最嫩和体态特别轻盈的女子，穿什么衣服都合适：颜色浅的衣服能显出她的白嫩，颜色深的衣服更能显出她的白嫩；穿上精美的衣服能显出她的娇美，穿上粗布衣服更能衬托出她的娇美。这样的女子，即使不算是绝色，也离西施、王嫱不远了，可当今世上又能有几个这样的美女呢?稍微接近中等之姿的女子，就应当根据自身的条件去选择衣服，不能够什么颜色的衣服都拿来乱穿。根据自己身体的特征来选择衣服的方法，是变化多端的，不应当拘泥成论而不知变通。如果非要勉强谈一谈大致的要点，那就是必须要使衣服的颜色尽可能与自己的肤色相称，脸色较白的女子，衣服的颜色可深可浅；脸色较黑的女子，则不宜穿浅色衣服只能穿深色衣服，浅色衣服就会使她的脸色显得更黑了。肌肤比较细腻的女子，衣

服的质地可精可粗；而肌肤比较粗糙的女子，则不宜穿太精细的服装，只能穿较粗质地的服装，太精细的服装会显得她的肌肤更加粗糙。然而，贫穷人家的女子，就是想穿着精细、浓艳的服装也没有条件，而富贵人家的女子，硬让她们去穿粗布、浅淡的衣衫也是不现实的，那怎么办呢？我说：不难！布与麻都有精粗深浅的差别，绫罗绸缎也有精粗深浅的差别，不是说布和麻就一定都是粗糙的，而绫罗绸缎就一定都是精细的，不见得华丽的衣服就一定浓艳，而简朴的衣服就一定浅淡。绸缎中那种质地不光滑，花纹凸显的制品，就是精品中的粗物，浓艳颜色中的浅淡色调；布与麻中那种纱线紧密、漂染精细的制品，就是粗物中的精品，浅淡颜色中的浓艳之色。我这里所说到的，全都是无论贵贱贫富都能做到的事，既没有只注重大家闺秀而忽略了贫家女子，也没有偏心于贫家女子而忽略了大家闺秀。因为美女从来就不是由自己选择地方出生的，也不能由自己选择丈夫出嫁。我务必要让每一个读了这本书的女子，人人都能有所收益，那么，我这一片惜香怜玉的苦心，就会如同天降雨露一样，均匀地洒向人间了。

近来服装流行的时尚，有些方面大大高明于古昔，可以作为一种固定不变的法则；但也有些方面大大违背情理，真让人为世道人心而忧虑。请让我一起来谈谈这两种趋向。那种大大高明于古昔，可以作为一种固定不变的法则的时尚是：富家大户的女子都流行穿青色衣服。(青色其实并不是纯青色，而是玄青色。因避圣祖皇帝的名讳，故改称青色。)记得我儿童时所看到的，少女都流行穿银红、桃红的服装，年龄稍大的女子则流行穿月白色的服装。不久，流行银红、桃红又变成了流行大红，流行的月白色，则变成了流行蓝色。再后来，流行大红又变成了流行紫色，流行蓝色变成了流行石青色。等到清朝建立以后，石青色和紫色的服装就都很少见人穿了，无论是男女老少，都穿青色的衣服了。这种流行趋势的变化，可以说是由齐国的霸道变成了鲁国的王道，又由鲁国的王道变成了圣人之道，真是越变越好，变到了最善最美而再没有什么可改变的了。

衣服颜色更迭递变到现在的时尚，并不是有意识要这样去做，不过是因为争强好胜是人之常情，互相攀比，颜色一家比一家浓，一天比一天深，也就不知不觉追求到了尽头了。然而，青色作为颜色来说，有很多好处，不能一一列举，只就它适宜女子的内容谈几点：脸白的女子穿上青衣，脸色显得更白，脸黑的女子穿上青衣，其脸色也不觉得很黑了，这是青色，能适宜于各种容貌的女子方面；少女穿上青衣，更显得青春年少，老妇穿上青衣，也不觉得很老了，这是青色能适宜于不同年岁的女子的方面；贫寒人家的女子穿上青衣，能保持清贫冷傲的本色，富贵人家的女子穿上青衣，能摆脱浮华奢靡的形象，只保留典雅素静的气质，也并没有失去她本来的富贵气度。这是青色能够适宜于不同身份的女子的方面。其他颜色的衣服，很不禁脏，稍稍沾上一点儿茶渍、酒渍，或是沾上点儿油污，除非洗染就不能再穿，可一经洗染就成了旧衣服。青色却不是这样，就因为它颜色特别浓，所以，只要是颜色比它淡的，就都会受到它的浸染而不易察觉。正因为它颜色特别深，所以，只要是比它浅的颜色，都会受到它的点污而无法抗拒。这又是青色既适宜于本体又适宜于外用的方面。穷人家的女子只有一件青色衣服，没有其他漂亮衣服来衬托，也未必会露出里面的内衣，因为穿在外面的衣服颜色原本不艳，即使里面的内衣又破又脏，也不会很显眼，如果穿其他颜色的外衣，内衣只要有一点点问题，就会显得很难看。富贵人家的女子，只要有绣花绘彩的漂亮内衣，尽可以穿在里面，清风吹过，衣袂飘起，现出里面灿烂的色彩。假使衣服一件比一件漂亮，不但不会掩盖住里面的漂亮衣服，而且还能给人一种难以完全弄清她的底蕴的感觉，《中庸》写道："《诗经》说穿锦衣华服应罩上麻衣外套，就是厌恶把华丽的服饰显露在外面的意思。"在这儿却独独不是这样，只因为青色的外套颜色最深，就使得里面内衣的华丽更加耀眼，这样，既得到了复古的美名，又不受一味拘泥于古法的弊害。

十六七岁的花季少女，如果想要穿着美丽动人些，就可以在青衣上绣花、描边，较之其他颜色更加显目。反复挑选衣服的颜色再没有比青色更美妙的了。今后时装即使会有所变化，也都只会是时兴一种颜色便会废弃其他各种颜色，不能够像青色一般事事都能适宜，这就是我所说的近来时尚中大大高明于古昔；可以作为一种固定不变的法则的积极方面。至于那种大大违背情理，让人为世道人心而忧虑的穿着，主要是那种零拼碎补的衣服，俗名叫作"水田衣"。衣服上有缝，并不是古人喜欢穿有缝的衣服，而是不得已。人有胖瘦高矮的不同，不可能照着人的身体去织布，这就必须先织成整匹的布帛，然后再剪下来裁成衣服，因此成衣上留下一两条缝，就好像是人身上的赘疣，虽然多余，却是万万不能除掉的，只得勉强留下它的痕迹。人们赞扬神仙的神奇功夫时，必定说"天衣无缝"，这就明白地告诉我们，人世间衣服上的这条缝是多余的。可现在的人们却还要把衣服上的那一两条缝，发展到数十条、上百条，这不但不像天衣，简直连人世间的衣服也不像了。而这样的穿着品味日下，不知道将要让衣服变成像什么样子才是尽头？追究这种时尚的起源，一开始也并非人们有意识要做成这种样式，而是由于那些奸诈的裁缝，明里说是剪裁，暗里却偷窃布料，一小块一小块地偷偷剪下来藏起，可又不好卖出去，就发明了这种把小块布料拼到一起做成的"水田衣"，使自己的奸计得逞。不想正迎合了人们厌倦常例喜欢新奇的心理，不但不批评这种样式的弊害，反而一窝蜂地去模仿，把整匹的布帛毁成零星的小布片，整匹的布帛有什么罪，让它受这种凌迟碎剐的酷刑？把碎布片缝制成和尚的百纳衣样式，女人又有何辜，让她们一下子变成了出家人的模样？

　　风俗时尚的变迁，往往关系着国家的命运，这种款式的衣服并不是从今天才开始出现的，最早在明朝崇祯末年便开始流行了。我当时见了就感到很惊诧，曾经对人说："衣服无缘无故地改变式样，大概是有神明的力量在起作用，国家该不是要遭受土崩瓦解的灾难了吧？"没过多久，闯王的军队便蜂拥而起割据中原，国家分裂。人们说我的预言不幸而言中了。现在圣明的皇帝统治天下，各国都来归附，天下一统，国家的文物制度划一。这种奇装异服，自然应该逐渐废除。倘若遇到和我有同样想法的人，认为我这个草野之人的言论还有点儿可取之处，愿意互相劝告人们，不要再模仿以前的这种陋习，穿这种奇装异服，那我说的这番言论，就算是鸡鸣狗吠之声，不能说对于盛世的治理是没有一点儿补益的。

云肩是用来保护衣领的，不让衣领沾上油污，这是云肩最大的优点。但云肩的颜色必须与衣服相同，近看能看出披着云肩，远看则像没披云肩一样，这样才算得体。即使难以找到和衣服同色的云肩，也要尽量让它们的颜色不要反差太大。如果衣服的颜色极深，而云肩的颜色极浅，或者衣服的颜色极浅而云肩的颜色极深，那就成了身首分离的模样，虽说是连着的，但看来就像是身首异处，这是很不吉利的。我还认为云肩的颜色，不仅要与衣服相同，本身更须里外颜色一致，如果外表是青色，则衬里也应当用青色的料子，外表是蓝色，则衬里也应当用蓝色的料子，为什么呢?因为这个东西披在肩上，不可能时时刻刻都服服帖帖，稍稍遇上点风吹，便会飘起来，会把衬里翻到外面来，有点像风卷落叶残柳的情形，美人的身体也就会显出凌乱萧条的狼狈模样了。要是云肩里外颜色一致，那就任凭它整齐颠倒，都没有太大的关系。不过，这也是说在家里才可如此，如果出门见人，就必须在暗处用线缝定，不让它离开衣服飘起来，因为掀起来虽说是颜色一致，但总不如不掀起来的好。

女子可以根据自己的家境丰俭来化妆打扮，只是有两样物美价廉的饰物是必不可少的。一样叫半臂，俗名叫作"背褡"；一样是束腰的带子，俗名叫作"鸾绦"。女人的体态宜窄不宜宽，一穿上背褡，体态较宽的女子也会显得苗条，而体态苗条的女子就更显得苗条了。女子的腰肢，宜细不宜粗，一束上腰带，则腰粗的女子也会变细，而腰细的女子则更觉得加倍的细了。背褡适宜于穿在外面，这是人人都知道的。可是，鸾绦适宜于束在里面，人们却大多不懂得。鸾带藏在衣服里面，在外面看不到，就像没束一样，似乎是腰肢本来就细，不是用带子把它束细的。

裙子做工是否精细，只要看裙褶有多少就行了，裙褶多则行走自如，没有碍手碍脚的拖累，裙褶少则行走局

促，有一种缚手缚脚像戴着镣铐的感觉；裙褶多则裙摆容易飘动，即使没有风也像要飘起来一样，裙褶少则呆板难动，即使摆动也像块木头似的僵硬。所以，制衣服的布料，作别的服装或许可以节省些，做裙幅则是切不可省的。古诗有"裙拖八幅湘江水"的说法，裙子既然能有八幅宽，那裙褶自然不会少，这是可想而知的。我认为八幅宽的裙子还只适宜在家里穿，若是想让别人看着美观大方，至少需要十幅宽的裙摆。增宽裙幅，多花不了几个钱，何况增加了裙幅，就必然会减少丝料的耗费，因为只有细绉薄纱才能做成十幅八幅宽的裙摆，厚重的丝绸就会显得呆滞，就和裙摆窄裙褶少没什么不同了。即使是多花费了几个钱，也和把钱花在别处不同。女人之所以不同于男人，区别全在于下身，男人长大成人就希望娶妻室，妻子那叫做"室"的东西，只是极小的一处。掩藏秘器，爱护珍宝，就全靠那几幅罗裙了，怎么能够不多备些布料，把裙子做得美观些呢，难道还让人讥笑不知道珍惜妻子吗?最近苏州流行"百褶裙"，可以说是十全十美的了。不过，我认为这种裙子只适宜于配华丽的衣服，不适宜家常穿着，不然太奢侈了。要是较之以前的旧式样略增加几褶，较之现在流行的新式样略减几褶，社交场合穿十幅的，在家就穿八幅宽的，这样就不奢不俭，最为适中了。苏州流行的新款式，还有一种叫作"月华裙"的，每一个裙褶里都有五种颜色，好比皎洁的月亮现出了五彩光华。我却并不欣赏这种款式，做这样一条裙子，人工物料都要十倍于一条普通的裙子，暴殄天物，自不待言了，而且又并不怎么美观。因为下身的着装，宜淡不宜浓，宜纯不宜杂。

　　我曾经读旧诗，读到"飘飏血色裙拖地""红裙妒杀石榴花"等句，很有点嘲笑前人的愚笨，若真像诗中所描绘的模样，那女子也不过是一个浓妆艳抹的村姑罢了，哪里能够引得文人雅士动心呢?只有最近面世的"弹墨裙"，款式很别致，但还是不能让我欣赏，以后，我会另外设计一种新的款式，以向与我兴趣相同的朋友请教。现在还只是构想，尚未做出来，故不敢轻易说出来，以免误人。

鞋袜

男子所穿的履，俗名称为鞋，女子所穿的也称为鞋。男子裹饰脚的物品，俗名叫作袜，而唯独女子却把它改名叫"褙"，其实褙就是袜。古人称"凌波小袜"，这个名称最雅，不知道后人为什么把这么雅的名称改了？袜的颜色当以白色、浅红色为最好，鞋子则以深红色为最好，现在又流行青色，这可以说是一种最完美的颜色了。鞋子要选择高底的，高底鞋能使女子脚小的显得更小，脚瘦的显得更瘦，可以说是一种十全十美的鞋式了。

不过，大脚的女子也往往借助高底鞋来掩饰自己的缺陷，这就混淆了作者的初衷，好像高底鞋只是为了供大脚的丑女模仿小脚女子的姿态而制，而不是为了给小脚美女更添几分娇姿而设计的。近来有人试图矫正这种弊端，让小脚女子都穿平底鞋，目的是让她们和那些伪装小脚的女子区别开来。可他们却没有考虑到，自从有了高底鞋以来，每个女子都在求助于高底鞋，高底鞋已经成为了长久相承，不能废除的习俗。女子穿了高底鞋，大脚能变成小脚，不穿高底鞋，小脚也会显得大了几分。曾经有两个女子，一个是三寸金莲，脚穿平底鞋，另一个脚有四五寸大，穿着高底鞋，两人站在一处，给人的印像，反而觉得那四五寸脚的女子脚小，而那恰好是三寸金莲的女子脚大，这是因为鞋有高底，就会使脚尖向下，脚尖秃钝的也会显得尖锐；鞋子无底，脚尖便会朝上翘，小脚尖锐的也会显得秃钝起来。我认为不应该把高底完全削去，只要减掉一部分就行了。大脚女子穿鞋，适于厚而不适于薄，鞋底薄了，大脚就现了原形；大脚女子穿鞋，适于大而不适于小，鞋子小就夹脚，让她疼得不能走路。我让脚极薄极小的女子和她们比较，就好像是鹤立鸡群一样，自己不想特殊也自然会显得特殊。世上哪有穿着像铜钱那么小的底的高底鞋，走起路来不扭捏作态的大脚女子!

　　古人根据文义来取名是丝毫不差的。如前所述，以"蟠龙"为发髻命名，以"乌云"为头发命名之类都是这种情况。唯独对于女子的脚，取义命名，都和实际情况相反。为什么这样说呢?女子之脚，是体形中最小的部位，而莲花，却是众花中体形最大的。而人们给女子之脚取名，却必定称"金莲"，给最小的脚取名，则必定称为"三寸金莲"。假使女子的脚，果真像莲瓣的形状，那就会又阔又大，那还能这样叫吗?极窄极小的莲瓣，又哪里只是三寸而已呢?这是"金莲"的取义让人不能理解的地方。从来给女子的绣鞋取名，必定叫"凤头"。世人顾名思义，就以金银打制成凤凰的形状，缀在鞋尖以名至实归。试想凤凰是怎样的动物?它的形体在飞鸟中只比大鹏小一些，和其他许多鸟相比，几乎是一具庞然大物了啊!用凤凰来给鞋命名，虽说是赞美之词，实际上却带有讥讽的味道。如果说"凤头"二字只是模仿其形状，因为凤凰头部尖而身体大，因此才这样取名;可是，在鸟类中，有不少鸟的头部比凤凰还要尖，为什么不用别的鸟来命名，而唯独只以凤凰来取名呢?况且，凤凰与其他鸟相比，只有它的头是高昂向上的，而女子的脚尖，美妙处就在于低下伏贴，假如要像凤凰一样高昂着头，那模样还能好看吗?这是"凤头"的取义让人不能理解的地方。

如果这样的话，那么命名取义，究竟是看见了什么才取这样的名字呢？难道最终却不可能解释清楚吗?我认为是可以找到答案的。女子裹脚的规矩，不是古来就有的，而是后来才出现的事。最初取名的时候，女子的脚还和男子的脚差不多，假使当时女子的脚能像莲瓣和凤头一样稍微有些尖锐，也就可以称为古代的小脚了，没有缠足的制度仍然能将脚约束得那么小，那比起现在的女子来，真是有过之而无不及了。我认为"凤头""金莲"等称谓相传已久，沿已成习，不能再随便改换其名，不过，也只能是叫叫这个名字，千万不要真的去模仿实物，如果模仿实物的话，就会非常难看，那就等于是为古人所误了。不仅如此，凤凰是百禽之王，与龙相提并论，乃是帝王装饰衣物器皿的图案，用它来装饰女子的脚，岂不是太亵渎帝王的尊严了吗！

我曾经看到女子在绣袜时，往往绣成龙凤的形状，在此，我不得不提醒她们，这都是违背法理，僭上非分的严重事情。近来女子的鞋尖不缀凤凰，而改缀珍珠，可以说是一种好的变化。珍珠产于水底，很适于缀在凌波小袜之下。而且，像栗一般大的珍珠，价钱也不大贵，缀一粒在鞋尖，就会让整只脚都显得珠光宝气，假使穿上它踏在用于歌舞的地毯上，就会像流转自如的走盘；假使穿着它与男子亲爱，就又成了男子的掌上明珠。然而，设计制作这种鞋样的人是认识不到这一点的，这如同衣服的流行颜色变为青色一样，人们并不知道流行的原因却都这么做，这就是所谓社会现实与至理妙言的巧合。

我的朋友余澹心君以前写过一篇《鞋袜辨》，考证缠足的由来，考证女鞋最早的式样，议论精彩，而且论据确凿，完全可以与我的观点互相阐发、证明，特地附录于后：

妇人鞋袜辨

余怀

古代女子之足与男子并无区别，根据《周礼》所记，周王室宫内有名叫"屦人"的官员，专门掌管国王和王后的衣服和鞋袜，鞋袜的名称有赤舄、黑舄、赤缝、黄、青勾、素屦、葛屦等，还有区别王宫内外的官员和命妇等级身份的功屦、命屦、散屦等。从这些名称考证，男鞋与女鞋是同一式样，并不像后世女子那样将脚缠得尖锐纤细，以脚小为珍贵。

考证缠足的历史，起源于南唐的李后主。李后主有个宫女叫娘，苗条美丽，善于舞蹈。李后主就令工匠用黄金做了一朵金莲，莲座高六尺，装饰上各种珍宝、绢带、缨络，当中嵌着一朵五彩瑞莲，让娘用帛缠足，弯屈成月牙的形状，穿上白色的袜子，在莲花中跳舞，舞姿回旋，仿佛要凌云飞天一般。从此以后，女人们都模仿娘缠足，这就是女子缠足的开端。在唐代以前还没有这种风气，所以，诗人、词人在歌咏美女佳人时，对她们的美丽容貌、出众仪态，艳丽肤色，以至于脸部的化妆，头上的首饰，衣服裙子的华丽，头发、眉眼、唇齿、腰肢、手腕的秀美婀娜，无不津津乐道，而没有一句提到小脚的纤细。即使像古代乐府民歌中的《双行缠》也是说："崭新的罗裙衬托着雪白的小腿，脚背的颜色像春天一样妍丽。"曹子建说："穿着远游的绣花鞋。"李太白的诗说："一双金齿屐，两足白如霜。"韩致光的诗说："六寸玉足，肌肤光滑圆润。"杜牧之的诗说："用钿尺裁量鞋面减少了四分。"描写汉代宫廷隐事的小说《杂事秘辛》中写道："脚长八寸，小腿和脚背丰润妍丽。"六寸八寸长的脚，雪白丰润，可见唐代以前女子的脚，还没有弯屈成月牙形状的小脚。即使南齐的东昏侯与潘妃故事所说的，东昏侯让工匠用金子凿成莲花贴在地上，令潘妃在金莲花上行走，说："这叫步步生金莲。"也并不是称脚为金莲。崔豹的《古今注》记载："东晋有凤头、重台鞋"，也不是专指女人的鞋子。

宋朝元丰以前，缠足的女子还较少。从元朝到现在将近四百年，这种矫揉造作的缠足风气已经十分严重了。古代女子人人都穿袜子。杨太真被缢死的那天，马嵬驿的一个老妇捡到一只锦绣筒袜，过往的客人观赏把玩一次要花一百钱。李太白的诗说："溪上女子，白脚如霜，不穿鸦头袜。"袜子还有一个名称叫"膝裤"。据说宋高宗听说奸臣秦桧死了的消息时，高兴地说："今后不用在膝裤中藏匕首了。"袜子也就是膝裤，男袜、女袜都这样称，原本是没有区别的。

不过，古代的袜子有底，现在的袜子没有底。古代有底的袜子，可以不必穿鞋，就在地上行走。现在的无底袜子，不穿上鞋，就寸步难行了。张平子说："脚穿罗袜，从容漫步。"曹子建说："凌波微步，罗袜生尘。"李后主在词中写道："划袜下香阶，手提金缕鞋。"古今鞋袜的样式，区别就是这样的。至于高底鞋的样式，在古代是从来没有听说过的，是唯独今天才有的"绝活"。苏州的女子中，有人用异香作鞋底，用精细绫绢包裹住；有人在鞋底上雕出玲珑的花样，装进麝香，走路时散发出阵阵香气。这些都是奇装异服，宋元以来，诗人们都没有描写这样的装束，所以，我把这种现象记述下来，以提供给那些喜欢香艳题材来吟诗赋词的诗人、词人们。

袜子与鞋子的颜色应该相反，袜子适宜采用极深的颜色，鞋子则适宜采用极浅的颜色，这是为了让它们互相衬托才能显露出鞋袜的区别。现在的女性，都流行穿白袜子，鞋子则喜欢穿深红色和深青色，可以说是非常合理的搭配。不过，人人都像这样搭配，也应忌讳雷同。我想把鞋袜的颜色对调更换，穿深色的袜子，而穿浅色的鞋子，那么脚小的就更显出其小，因鞋子的颜色不应该和地面的颜色相同。地面的颜色，也就是泥土砖石的颜色。泥土砖石的颜色大多较深，浅色的鞋子踏在上面就会界限分明，不至于被地面的颜色所混同。如果地面是青色的，而鞋子也是青色的，地面是绿色的，鞋子也是绿色的，就分不清哪是地哪是鞋，也看不出脚大脚小了。大脚的女子选择鞋子的颜色则应当相反，适宜选择与地面色调相近的颜色，这种掩饰自己大脚缺陷的方法与高底鞋的效果是一样的。这是我的浅见，不妨请金屋藏娇的男子们批评指正，并回去征求美人们的意见，再来判定我所说的见解是对还是错。

习技

古人说"女子无才便是德"。这话有些道理，并不是无缘无故说的，因为聪明女子失节的多，反不如无才的女子可贵。这其实是前人的愤激之词，与男子做官惹了祸，便把读书做官视为畏途，留下遗言告戒子孙，让他们不要再读书做官是一样的情况。这都属于因噎废食的做法，难道真的是要完全放弃读书，完全终止仕途吗？我认为"才德"二字，原本并不矛盾，有才气的女子未必人人都德行败坏，淫荡的女人，又哪里都是知书达礼的才女呢？关键是作为才女丈夫的男子，既要有爱才之心，又要懂得驾驭才女的方法。

至于对待姬妾婢媵，又和对待正室妻子不同。娶妻子就如同买田庄，除了五谷不种别的。除了桑麻不栽别的，稍有些属于观赏的花草之类，就要立刻拔掉。因为全家吃饭穿衣都要由这块地产出，地力有限，不能再种植其他的东西。买姬妾则如同经营花圃园林，能结果的花也种，不能结果的花也种；能成荫的树也栽，不能成荫的树也栽，因为本来就是为了娱情取乐的目的而营造的，所注重的是观赏的价值，对于生计的要求就要看得轻一些，不可能既追求感官上的享受又要兼顾实际的物质利益。假若姬妾满堂，可都是些愚蠢的女人，我想聊天时，她们都默不作声，我想清静时，她们却喧闹不止，和她们交流又总是答非所问，所应非所求，这种情景和进了狐狸的淫窟，除了淫乱便没有别的事情可做又有什么区别呢？所以，关于女子学习技艺的道理，不能不与化妆、服饰相提并论。

女子最上等的技艺是赋诗作画，其次是弹琴吹箫，再次是歌咏舞蹈。纺织、刺绣、缝纫等女工则是她们分内的事，不必再说。但也有的女子，专门学习金石书画琴棋文章等男子的技艺，而不屑于作纺织、刺绣等女工，把纺织缝纫看作是卑贱的工作，把针线视为仇敌，甚至连三寸弓

鞋也不愿自己做，而要请老妇或贫家女子代做。何必要通过别人的巧手掩饰自己的笨拙，而失去上天造物生人的初衷呢！我认为女子的分内工作，毕竟还要以缝纫为主。缝纫技艺已经熟练了之后，再去渐渐学习其他技艺。我这里谈女子习技而不提及缝纫，是因为描鸾刺凤等女工，闺中女子人人都懂得，不需要我越俎代庖去告诉她们。我之所以不谈女工，而仍然郑重其事地提出来，不敢完全把它漏掉，是担心会由此开后世舍本逐末的先例，影响到女子放弃养蚕纺织的本分。虽然我谈的本是闲情逸致，但也不能违背根本原则，这是我立论的初衷。

文艺

　　学习技艺一定要先学习文化知识。这并不是要求女子先学难度大的后学容易的，而恰恰是想让她们先易后难，循序渐进。天下的万事万物，都有一把打开关闭之门的锁匙。锁匙是什么呢?就是文、理二字。平常的锁匙，一把钥匙只能开一把锁，一把锁只管一扇门。而文和理作为锁或钥匙，它们所掌管的何止千门万户。世界各地，大至无边无际的宇宙，小至难于立足的斗室，一切应该做应该学的事，它都控制着枢纽，操纵着出入的大权。

　　我阐发这个论点，不仅仅是为了女子，普天下的士农工商，三教九流，各种工匠艺人，都应当这样来看问题。把这么大的世界，都归入到文和理所包容的范畴，可以说是很简单了，可你却不一定知道：文和理又有宾主之分。大凡学文的人，目的并不单纯是学文，而是为了要明白事理，明白了事理，文字就像敲门砖一样，用过了就可以丢掉不用了。天下要学的技艺无穷无尽，它们的源头都只是出于一个"理"字，明理的人学习技艺和不明理的人学习技艺，其难易有天壤之别。可是，不读书不识字，又怎么能够明理呢?所以，学习技艺必须首先学习文化。不过，对于女子所学习的文化知识，不必要求面面俱到，认识一个字，就会有一个字的用处，认识的字越多越好，认识的字少些也没有什么不好；样样事都能精通，专于一事就更加精通了。我曾经说过：土木工匠中，只要是能识字会记账的，他所造的房屋器皿，一定与笨拙的工匠不一样，而且能享事半功倍之益。人们起初不相信，后来选择几个工匠作了试验，果然像我所说的那样。粗浅的技艺尚且如此，精湛的技艺也就更可想而知了。字不能不识，理不可不明，这实在是太重要了!

女子读书识字，只是入门较难。入门之后，她们的聪明一定超过男子，这是因为男子杂念太多，而女子专心致志的缘故。引导女子读书入门，最好是在她们情窦未开的时候，情窦一开就会稍稍分心，不像从前那样专心致志了。不过，男子置买姬妾，大都是十五六岁的女子，娶来以后不和她们成亲，却像教学生一样教她们读书识字，天下有几个人能够做得到呢?如果一定要等着教情窦未开的少女，那就一辈子也不会有可教之人了。关键在于循循善诱，不打击她学习的愿望。

《尚书·舜典》中所说的"用刑杖作为责罚学生的教刑"这句话，不是针对女学生说的。先教她们识字，识字以后再教她们写字。识字不求多，每天只可教几个字，选择笔画最简单的、眼前最常见的字教给她，由易到难，由少到多，日积月累，一年半载之后，就是不让她读书，她也懂得自己去找书来读了。趁她喜欢读书的时候，赶紧找些有情节的传奇，没有问题的小说来，由她自己翻阅，那书就不仅仅是一本书了，而是一位温文尔雅地引人登堂入室的明师了。这是什么原因呢?因为传奇、小说的文字，都是日常谈论的俗语，女子读它，就像遇到了自己熟悉的东西。比如一句话中，共有十个字，这女子已经识会了的有七个字，不认识的有三个字，顺口念去，自然而然会一字不差，这是因为借已经认会的七个字，可以猜出还不认识的三个字。那这三个字，就不是由我们教会她的，而是传奇、小说教会她的。由此引发她的灵感自然能够触类旁通。再加上男子耐心地开导她，让她由浅入深地掌握更多知识。在同床共枕时谈论文字，较之登上讲台给她上课，对于领悟消化的难易程度来说，相差何止十倍!十个姬妾中，选择一两个最聪慧的，每天和她谈论诗词，让她渐渐懂得些音韵格律。只要是谈吐清晰，说话不重复拗口的女子，就是能够作诗赋文的材料。苏轼的夫人说过这样一段话："春夜的月亮胜过秋夜的月亮，秋夜的月亮令人凄惶惨淡，春夜的月亮让人心旷神怡。"这不是作诗，只是随口说的一段话，苏轼听了，因为它出口便合音律，就夸奖夫人能够作诗。此事后来传为佳话。这就是我说的女子谈吐清晰，说话不重复拗口就可以作诗的明证。其余的女子，不一定个个都像这样，只要能够略通文义、稍懂诗书，那就等于是把学习各种技艺的钥匙都拿到了手上，不必担心被挡在门外了。

女子读书识字，且不说学成之后受益无穷，即使在她刚开始学习的时候，就已经让目睹其读书的人赏心悦目了：只要她在书桌上摊开书本，玉手捏着毛笔，端坐在贴着翠箔的绿窗之下，就是一幅迷人的图画。班昭续写《汉书》时的娇容，谢道韫庭院咏雪的仪态，不过就是这样了。何必定要去看她写出的诗句，比较她们的诗赋写得工整还是拙劣，然后才觉得享受到了与才女同房的乐趣呢？唉，像这样的情景，世间本来不少，遗憾的是许多人身临其境，却只看作是寻常事，实在是可惜呀！

要让女子学习作诗，首先必须让她多读诗，多读到能够口不离诗，用诗来对话，这样，就能随机触发她的诗情诗意，使她自然流露出诗的意境，虽然不事雕琢，却能深得自然之趣。至于开发她的聪明，启发她的思路，就全在于她平素所读诗词的好坏，为她选择诗词的人，一定要善于迎合她的情趣。然而选诗的标准是什么呢？我认为就在于"平易尖颖"四字。所谓平易，就是让她觉得简单易懂，而且容易学会；所谓尖颖，即细腻灵巧，女子的聪明，大多属于细腻灵巧一类，读细腻灵巧的诗就像遇到了以前的自己，于是就会乐于去学，这就是所谓迎合她的情趣。所选的诗词，最好是晚唐和宋人的，初唐、中唐、盛唐的诗，都不要选取，至于汉魏晋时代的诗，都要藏起来不让她看见，汉魏诗太艰涩，看了会窒息她的灵性，使她一辈子都不敢再学诗了。这是我的一孔之见，高明的人看了，肯定会哑然失笑。然而，本人才思浅薄，见识狭隘只配作为女子的老师。至于那至高无上、庄严肃穆的诗坛圣地，我平生都没有踏入过，这就难怪我的立论卑微了。

善于唱歌的女子，如果通晓文义，都可以教她们作

词，因为长短句的写法，天天都能在词曲中见到，从歌曲中吸收得多了，再作出来就自然容易了，这比学作诗见效更为快捷。曲是一种最长的文体，每一套曲都包括好几支曲子，才力不足就不能作出来。词则较短，容易完成，如《长相思》《浣溪纱》《如梦令》《蝶恋花》之类，每首都不过一二十个字。作词还能激发出她的灵感，只要看看词的选本，有许多是才女的作品，这是因为词的格律容易懂，语气也容易模仿的缘故。学会了作词之后，就可以由短到长，发展到学习作曲，这样下去也很快就能学会，果真如此，听她自己作曲填词，自己歌唱，那就是将名士佳人二者合而为一了，千百年来的风流韵事、风流人物，再没有比这更美妙的了，我真担心天上的神仙，也要因此鄙薄仙境的乐趣，都想自己放逐，贬到人间来一亲芳泽了。这种说法前人从未说过，确确实实是我笠翁的发明，有从我这儿得到启发而入妙境的人，可千万不要忘记这种妙趣是怎样得来的哟！

　　自认为是才女的女子，书、画、琴、棋四种技艺，都是不可缺少的。不过，学习的时候，必须分清轻重缓急，必不可少的先学，其他的技艺根据自己的资质性情，可以全部都学，就一门接一门地学。不能都学，就专攻一门，擅长一门技艺，也就能博得才女的名声了。弹琴列入丝竹乐器一类，另外有一章专门来谈，书法则在前面已经说得很详尽了。教得好不好，在于别人，学得好不好，在于自己，学习得好坏、领悟的深浅是不能勉强的。

作画是闺中最次要的技艺，学不学由自己决定。至于下棋，却是万万不可缺少的，教女子学棋，对于彼此都有不少益处。女子无事时，就会生出别的念头，用下棋来消磨时光，就不会再生非分之想了，这是益处一；一群女人住在一起，容易产生争端，下棋用手谈代替口舌之争，等于是把吵闹变为宁静，这是益处二；男女相对而坐，安静时必定引发淫欲，在弹琴奏乐、焚香品茶之余的闲暇时间里，不安排些事情来做，就会静极思动，这种男女间两相对峙的势态，不在桌案上表现出来，就会在床笫上发泄出来。可一开始下棋，各种想法就都会置之度外，排除杂念，消除欲火的方法，再没有比这更好的了。不过与女子下棋，不要与她争强斗胜，宁可让她数子，而故意输她一筹。这样，她就只会高兴，不会嗔怒，会显得笑容可掬。要是存心让她输棋，不仅当时会使她难堪，而且，还会妨碍她以后下棋的兴致。

纤细的手指柔若无骨，拈着棋子犹豫不定，不知道投向何处。静静地观赏女子这种楚楚可怜的神态，已足够让人消魂的了。此时，若一定要去战胜她，恐怕普天下也没有这样的狠心人吧！

双陆、投壶等各种技艺，都是不必急于去学的，用骨牌赌博，也可以消磨时间，而且易懂易学，似乎不可不学。

丝竹

乐器中以琴为领袖。古代音乐相传至今，只有琴音是虽然已有变化，但还没有全变，其他的音乐都已经没落了。女子学琴，可以改变性情，男人若想要置身于温柔乡里，就不能缺少这种能使妻妾婢媵陶冶性情的工具。但琴学起来最难，要听懂也最不容易，凡是要姬妾学习弹琴的，当先自问自己能不能弹。主人自己懂得音乐，才可以让姬妾弹琴，不然，弹琴的人弹得铿锵动听，听琴的人却无动于衷，强迫自己约束形体，强打精神等到音乐结束，那就不是悦耳的音乐了，而成了让人受罪的工具了，还学它作什么呢?凡是置买姬妾的人，总归是为了自己娱乐。自己所喜欢的，就引导姬妾学习，自己不喜欢的，就训令她们不要做，这才是真正懂得自我娱乐的人。我曾见过一些富人，他们听惯了弋阳腔、四平腔这类热闹的声腔，特别讨厌昆曲的清冷，可是，因为世人都推崇昆曲的高雅，于是也勉强令歌童学习昆曲，每听歌童唱一支昆曲，自己就要皱起眉头，连在座的客人也替他难受，这都是不懂得自娱的人。我认为人的性情，各有所好，也各有所厌。即使爱好的东西不适当，厌恶的东西不适宜，也不妨固执坚持。能坚持自己的错误，倒可能是不错的了。我生平有三个怪癖，都是世人喜欢而唯独我不喜欢的：一是果品中的橄榄，一是菜肴中的海参，一是衣服中的丝绸，这三种东西，别人给我吃，我也吃；别人给我穿，我也穿。但我从来没有自己买来吃，自己买来穿的。因为我不知道它们的精美到底在什么地方。谚语说："村人吃橄榄，不知回味。"我真是个地道的村野鄙夫呀!因为谈学琴，而胡扯了这些，确实是饶舌。

　　有人问：要主人善于弹琴，才可以让姬妾学琴。那么，要教姬妾跳舞，是不是也要主人能歌善舞才能教她们呢?男子中善于唱歌跳舞的人又有几个呢?我说：不是这样，歌咏舞蹈虽难精通，却容易懂，听她那婉转的声音，看她那轻盈的体态，不一定要懂得音乐才会欣赏领略，在座的无论是主人还是客人，都是一样的，这就是所谓雅俗共赏。琴音容易弹响，却难得听懂，不是亲身习琴的人是不懂的，只有善于弹琴的人才听得懂。

俞伯牙如果不是遇到钟子期，司马相如若不是娶得卓文君，他们即使整日拨弦，也等于是白弹。我看如今世上，会弹琴的人多，能够听得懂琴的人少。请来名师教授美妾学琴的人很多，但真能从中得到乐趣，能不愧于司马相如与卓文君之名的却是绝少。大家不要贪图虚名，而当专务实际，这是我作这段文字的用意。假若要让主人善于弹琴，就要舍弃其他技艺，而专心于提高琴艺。《诗经》说："夫妻恩爱，如琴瑟之和。""得到美丽的女子，就要如琴瑟一般相亲相爱。"琴瑟不是别的，就好像男女之如胶似漆，使二者合而为一，弹琴鼓瑟，联络感情，让他们永不分离。花前月下，良辰美景，水榭凉亭飘过阵阵凉风，姬妾们已完成了一天的女红，正当无事的闲暇时光，有时夫唱妇随；有时妻子弹琴，丈夫聆听；有时又是夫妻合唱，谐韵合拍。此情此景，不用说身临其境者觉得俨如神仙般的生活，即使绘成一幅夫妻合奏的图画，也足能让看到的人消魂，更让懂得这份情趣的男女嫉妒死了。

乐器除了琴以外，适宜于女子学的，还有琵琶、三弦、胡琴三种。其中琵琶的音质最为美妙，可惜现在不时兴了，弹得好的极少。不过，三弦的音色其实可以完全代替琵琶，三弦的形状，比琵琶要窄小，与女子苗条娇小的身体最为相得益彰。近来教授音乐的乐师，对于用声运气的方法，能够不完全弄错音律宫调的，首先要推教三弦曲调的，其次是教民歌时调的，再次是教戏曲的。我从前说过"说书场内无文章，戏曲台上无曲谱"的话，并不是偏激的说法，只因为人在初学之时，便总想着取舍得失，担心曲高和寡，只求为下里巴人以媚俗，不愿作阳春白雪以求精，所以，学得六七分就不再用功了。胡琴较之三弦，形状更小巧，而音质更清亮，清唱是少不了它伴奏的，胡琴的音质，就像是一位美丽的小女孩的声音，清亮柔媚，婉转悠扬，真是没一点儿不像。即使不是给清唱伴奏，只让两名会唱歌的少女，一个吹洞箫，一个拉胡琴，轻声哼唱悠扬的曲子，让隔着花荫柳影的男子远远听了，会觉得真是一双绝代佳人，油然而生惜香怜玉之心。

弦乐中最易学的莫过于胡琴了，学起来事半功倍，而且悦耳娱神，我不能不感激那发明胡琴的人，你们也都要敬仰他啊！

管乐中适合于女子的，只有洞箫一种。笛子可以偶尔吹吹，但不应该常吹。至于笙、管两种乐器，那是要和各种乐器一起合奏的，不得已的时候偶然吹一吹，也不是女子所应该做的。因为女子弹奏乐曲和男子不同，男子奏乐时，注重的是乐器的声音，女子奏乐时，注重的则是本人的形象。女子吹笙搊管的时候，乐音倒还好听，但形象却很难看，因为要闭气鼓腮，使得花容月貌都变形了，所以，不应该让她们学习这种乐器。女子吹箫，不仅不会花容失色，还更添几分娇媚。为什么呢?因为指尖揿弄箫孔变化各种音调时，玉笋一般的手指因此而显得更加纤细；噏着小嘴发出气声时，樱桃似的红唇因此而显得更加小巧。善画美人图的画师，经常画美女吹箫图，是因为画女子吹箫时形态更有美丽动人的效果。如果让两个美女一起，或是吹箫，或是吹笛，二人一起吹奏，那乐声也会加倍清亮，那美女的仪态也显得更加可人，主人在一旁点上龙涎香，一边品着清茶，一边欣赏聆听，会觉得自己已经不是置身于人间，而仿佛到了仙界一般。

吹箫品笛的美女，手腕上不能不戴钏。但钏环又不能太大，钏环太大，一抬手就会滑进衣袖里看不见了。

歌舞

　　从前的人教女子学习歌舞，目的不在于教她唱歌跳舞，而在于教她们学习声音和仪态。想要使女子的声音委婉动听，就必须让她们学唱歌，学会了唱歌之后，那她们随口发出的声音，都有燕语莺啼的效果，不用唱歌就让人觉得她已在细语轻歌了。想要让女子体态轻盈，就必须让她们学习跳舞，学会了跳舞之后，她们的一转身，一投足，都像是柳絮飞舞，花蕊含笑，不必跳舞，就让人觉得她已在翩翩起舞了。

　　古人处世的法则，经常有醉翁之意不在酒的手法。比方说，出色的弓匠在教儿子学制弓箭之前，先要让他学习制簸箕，出色的铸匠在教儿子学铸剑之前，先要让他学习制皮衣。女子学习歌舞，和弓匠、铸匠学习制簸箕、皮衣是一样的道理。后世的人不懂得这个道理，把女子的声音、仪态都归入歌舞的范畴，那就等于除了唱歌之外就没有美妙的声音，而选美就一定要考试舞蹈，那作为女子，即使体态像赵飞燕那样轻盈，容颜像夷光那样娇媚，可除了歌舞之外就再没有别的长处了，可在一天之中，她们的轻歌曼舞又能占去多长时间呢?假使女子的声音、仪态仅仅是为了歌舞而存在的，那教她们学习声音、仪态，还可以不紧不慢。要是懂得唱歌、跳舞的目的，本来是为修练女子的声音、仪态而服务的，那教她们唱歌跳舞，就不能随随便便，敷衍了事。只要看到哪个女子歌舞不出色，那就可想而知，她在和主人亲近缠绵时，也一定没有娇柔的声音和迷人的媚态。

"弦乐不如管乐，管乐不如声乐。"这是乐理中最深奥的道理。说的是从丝弦到竹管到人的肉喉，越来越接近于自然。我还认为，男子的歌喉，就是有了极精深的造诣，也只能和弦乐、管乐媲美，仍然不过是由肉喉中发出弦乐、管乐的音色。

这是怎么得知的呢?只要看看人们对男子歌声的赞美之词，不是说"细绵如丝弦之音"，就是说"清越如竹管之声"，从这评语中就可以知道个大概了。至于女子的音色，则是纯粹由肉喉所发出的声音。俗话说："词出佳人口。"我认为，不一定要是佳人，凡是善于唱歌的女子，不论美丑，她们的声音都和男子迥然不同。只有其貌不扬而音质美妙清亮的女子，从没有美丽动人而声音难听的女子，只要对她们因材施教，教导有方，不要违背她们的天性就可以了。歌舞二字，不仅仅是指登台演戏，不过，登台演戏是当今社会上最时兴的韵事，那我就先谈谈大家都喜欢的这个题目吧。

第一是取材。取材是指什么？就是戏曲演员们所说的分配角色。嗓音清亮、底气充足的，是正生、小生之材；嗓音娇柔婉转而且底气足的，是正旦、贴旦之材，稍差一点的就饰演老旦；嗓音清亮而略带质朴的，是外末之材；嗓音悲壮而略显急促的，是大净之材。至于丑和副净这种角色，就不用挑嗓音，只要选择性情活泼、口齿伶俐的就可以了。

不过，这么些角色，看上去很容易选，其实却很难找到合适的。男演员里难得的是花旦和小旦，女演员中难得

的是净和丑。不善于分配角色的人，往往用水平差的来充
数。他哪里知道，女子的体态要庄重妖娆不难，要她魁伟
洒脱却是很难的。如果有这样的女子，即使她面容姣好，
嗓音清柔，可以饰演生、旦的角色，也要委屈她去演净、
丑。因为女演员饰演净、丑，不同于男演员所饰演的，只
有花脸的名称，并不是真的要用油彩脂粉描成花脸，虽然
要插科打诨、调笑戏谑，也只像是名士的风流洒脱。假使

饰演婢女的演员，容颜胜过了饰演小姐的演员，饰演奴仆的演员，歌声超过了饰演官人的演员，那观众和听众就会更加怜惜她们，一定不会因为她们扮演的人物身份卑微，就看不起她们的才华和容貌。

第二是正音。正音是指什么?就是弄清女子出生的地方，禁止她说家乡的土话，让她按照《中原音韵》的正确音韵发音。乡音稍微一变就能符合昆曲的音调的，只有苏州府。而整个苏州府中，又只有长洲、苏州二城，其他各地都要稍差一些，因为与其他府州接壤；也就带有外地的口音，即使如梁溪县境内的百姓，离苏州城不过数十里，让他们学唱歌，也有些字的发音到死也改不过来，比如把酒钟念成"酒宗"等等。

相距近的人尚且这样，何况相距更远差别更大的地方的人呢？但人们却不懂得，其实，差距大的容易改，差距小的难改；语词完全不同，发音迥然有别的容易改，语词发音大同小异的难改。比如湖北人去广东，浙江人来江苏，两地的发音有天壤之别，有时是你叫他，而他不答应，有时是他说话，而你不接腔，交流起来势必大费精力，只得改变发音，想法使自己学会当地乡音土话才行，只因为自己觉得很难，所以，学起来反而感到容易了。要是到附近的地方，别人说的话，我也能说，只不过是发音稍有区别，改不改都没有关系，往往就因此将就凑合度过一生，只因为自己觉得容易，所以反而很难改正了。纠正发音的方法，不论差异的大小、远近，都应当视易为难。挑选女演员的人，一定要出自苏州。然而，绝色女子并不会自己选择地方出生，古时候，燕国的丽姬、赵国的美女、越国的佳妇、秦国的艳娥，记载在史书上的不知有多少。

《左传》上说"惟楚有材，惟晋用之"，这句话的意思是说晋国善于使用人才，而不是说只有楚国才出人才。我游遍全国，感到各地的方言乡音，凡是十六岁左右年龄的少女，没有改正不过来的，只有福建、江西两省，徽州、杭州二府的女子，比其他地方的女子改起来要稍难一些。纠正发音是有方法的，应该选择同一韵部中不同的字和不同韵部中相同的字，找出一两个要紧的字，集中全

副精力纠正它，纠正了一两个字的发音，再改其他字的发音就势如破竹了，凡属是同一韵母中相同的字，都不用纠正就可以自然转成正确的发音了。让我举一两个例子来作为说明：要说国内乡音最重、舌根最硬的地方，莫过于陕西和山西两地了。人们却不知道，陕西、山西地方的发音，都有固定不变的规律。陕西话发音没有"东钟"韵，山西话发音没有"真文"韵，陕西话将"东钟"读为"真文"，山西话将"真文"读成"东钟"，这是我深入当地，与当地人相处熟悉后，细细琢磨体会得出来的。陕西人将"中庸"的"中"字读成"肫"，将"通达"的"通"字读成"吞"，将东南西北的"东"字读成"敦"，将"青红紫绿"的"红"字读为"魂"，凡是属于"东钟"一韵的，每个字都是这样，没有一个能合上正确的音韵，没有一个不是读成了"真文"韵。这难道不是陕西话没有"东钟"，陕西话发音将"东钟"读成"真文"的真凭实据吗?如果我们能从这个韵部中选择一两字，早晚讲解传授，引导她改变发音，一个字能改过来，就字字都可以改过来了。山西话比陕西话要杂一些，不是各地都是一样的发音，不过，凡属是真文韵的字，其发音都仿佛是东钟韵，如将子孙的"孙"字发音为"松"，将昆腔的"昆"字发音为"空"等。即使有不全是这样的读法，也在相近的范围内。纠正发音也可用前面说的方法，就会用力少而功效大。这样，就能使她们的发音没有"东钟"韵的也有了"东钟"韵，没有"真文"韵的也有了"真文"韵，两个韵的发音，也就各自回到自己的韵部了。陕西和山西都能这样，更何况其他地区呢?一般来说，北方的发音平声多而入声少，阴平多而阳平少。苏州话之所以适宜于学唱歌，只因为苏州人的发音阴阳平仄没什么错误。

但学唱歌的人中，也有一辈子以唱歌为生，却不知道阴阳平仄为何物的人，这和蠹虫天天躲在书本里，却不识字是相同的情况。我认为教人学唱歌，应当从这里开始，掌握了阴阳平仄之后，再让她学习曲子，可以省一大半工夫。正音改字的方法，不只是对唱歌的人来说的，凡是生于一个地方而又不甘心终老家乡的有志之士，都可以用这个方法来改变自己的方言土话。至于那些身居高位，担负着管理官吏统治百姓责任的人，更应改变乡音，讲求音韵之学，务必使自己开口说话人人都能听懂。常有这样的情况，长官说话，小吏听不懂，百姓诉冤，官吏听不懂，以致错用了刑罚，颠倒了是非。声音能够害人，难道还少见吗！

正音改字，切忌贪多。聪明的人每天也不要超过十几个字，资质差一些的人要相应减少。每纠正一个字，一定要让她在平常说话中也完全改变过来，不只是在唱曲子念对白时才改。如果只要求在曲子中改正发音，其他场合却听其自然，那就会使她只是在目前能够依从正确的发音，不久又会故态复萌了。要知道，正音是借词曲来改变发音，而不是借声音来掌握词曲。

第三是习态。仪态是天生的，与后天的学习没有关系，前面谈论声音、仪态时，已经详细地谈到了。在这里又谈学习仪态，岂不是自相矛盾了吗?我说：并非如此。前面说的是闺房中的仪态，这里谈的是戏台上的仪态。闺房中的仪态，要完全出于自然，而戏台上的仪态，却不得不勉强扮出来，虽是勉强却又要模仿自然的仪态，这是演戏的功夫中所必不可少的。生有生的仪态，旦有旦的仪态，外末有外末的仪态，净丑有净丑的仪态，这个道理是人人都知道的，而且和男人演戏相同，就可以置之不论了，这里只谈女演员的仪态。男演员装扮成旦角，势必要故意装出扭捏的样子，不扭扭捏捏就不像女人；女演员扮演旦角，妙处就在于自然，千万不要故意做作，一做作，反而像是男子扮演的了。有人说女子扮演女子，哪里会有做作的道理呢?这是废话。他却不知道，女子登台演戏时，由于害羞，必定会露出一副矜持的样子，自己觉得是矜持，台下的人看了就觉得是做作了。必须告诉她，在上台的时候，只想着就在家里，不要看成是登台演戏，这样才能克服她的矜持做作的毛病。这是说的旦角的仪态。然而，女子仪态的难处，并不在于饰演旦角，而在于饰演生角，不仅难于饰演生角，更难于饰演外末净丑等角，表演外末净丑等角的坐、卧、欢笑还不算太难，最难的是表演外末净丑的行、走、哭泣。这不外是由于女子的脚小不能跨大步，容颜娇美而不能扮出悲伤的样子。可是，俗话说装龙像龙，装虎像虎，扮演一个角色，而让人嘲笑演得不像，那就使得她本想追求荣耀，结果反而蒙受羞辱，还不如全身心地投入，逼真地模仿自己扮演角色的神态，而博得人们的赞美为好。至于美女扮演小生，比她穿女装更显得风姿绰约，已经不可能再见到潘安、卫玠生前玉树临风的仪态了，姑且让这些女子装扮成二人的形象。不仅在戏台上唱曲中栩栩如生、光彩夺目，就是在花前月下，让她们偶尔扮成美男子的形态，与她们相对而坐，聊天下棋，品茶焚香，虽然只是歌舞的余兴，也实在是与美女缠缠绵绵的另样享受了。

声容

原文

雅趣小书

　　"食色，性也。"①"不知子都之姣者，无目者也。"②古之大贤择言而发，其所以不拂人情，而数为是论者，以性所原有，不能强之使无耳。人有美妻美妾而我好之，是谓拂人之性；好之不惟损德，且以杀身。我有美妻美妾而我好之，是还吾性中所有，圣人复起，亦得我心之同然，非失德也。孔子云："素富贵，行乎富贵。"③人处得为之地，不买一二姬妾自娱，是素富贵而行乎贫贱矣。

　　王道本乎人情，焉用此矫清矫俭者为哉？但有狮吼在堂，则应借此藏拙，不则好之实所以恶之，

【注释】

① 语出《孟子·告子上》："告子曰：食、色，性也。"焦循注：人之甘食悦色者，人之性也。

② 语出《孟子·告子上》："至于子都。天下莫不知其姣也。不知子都之姣者，无目者也。"子都。古代美男子。《诗·郑风·山有扶苏》："不见子都，乃见狂且。"杜预注：子都为郑大夫公孙阏。故郑风当昭公时，遂以为国中美男子之通称。姣：美好也。

③ 语出《中庸》："君子素其位而行，不愿外其外，素富贵，行乎富贵；素贫贱，行乎贫贱；素夷狄，行乎夷狄；素患难，行乎患难；君子无入而不自得焉。"素：朱熹注：犹见在也。素富贵：当富贵的时候。

怜之适足以杀之，不得以红颜薄命借口，而为代天行罚之忍人也。予一介寒生，终身落魄，非止国色难亲，天香未遇，即强颜陋质之妇，能见几人，而敢谬次音容，侈谈歌舞，贻笑于眠花藉柳之人哉！然而缘虽不偶，兴则颇佳；事虽未经，理实易谙。想当然之妙境，较身醉温柔乡者，倍觉有情。如其不信，但以往事验之。楚襄王[1]，人主也。六宫窈窕，充塞内庭，握雨携云，何事不有？而千古以下，不闻传其实事，止有阳台一梦[2]，脍炙人口。阳台

【注释】

[1] 楚襄王：战国时楚国君王，好女色。宋玉《神女赋序》中提道："楚襄王与宋玉游于云梦之浦，使玉赋高唐之事。其夜王寝，梦与神女遇。其状甚丽。"参见"阳台一梦"条。

[2] 阳台一梦：典出宋玉《高唐赋》："昔者楚襄王与宋玉游于云梦之台，望高唐之观，其上独有云气。……王向玉曰：此何气也？玉对曰：所谓朝云者也。王曰：何为朝云？玉曰：昔者先王尝游高唐，怠而昼寝。梦见一妇人。曰：'妾，巫山之女也，为高唐之客。闻君游高唐，愿荐枕席。'王因幸之。去而辞曰：'妾在巫山之阳，高丘之阴，旦为行雨，朝朝暮暮，阳台之下。'"后因称男女合欢的处所为阳台。下文所谓神女即巫山女也，朝云暮雨亦出自此，后世因以云雨称男女欢合。

152

今落何处？神女家在何方？朝为行云，暮为行雨，毕竟是何情状？岂有踪迹可考，实事可缕陈乎？皆幻境也。幻境之妙，十倍于真，故千古传之。能以十倍于真之事，谱而为法，未有不入闲情三昧者[1]。凡读是书之人，欲考所学之从来，则请以楚国阳台之事对。

―――――― 【注释】 ――――――

[1] 闲情三昧：三昧指事物的诀要和精义。一般称在某方面造诣深湛为"得其三昧"。闲情三昧，指深得闲情逸致的精义。

肌肤

　　妇人妖媚多端，毕竟以色为主。《诗》不云乎"素以为绚兮"①？素者，白也。妇人本质，惟白最难。常有眉目口齿般般入画，而缺陷独在肌肤者。岂造物生人之巧，反不同于染匠，未施漂练之力，而遽加文采之工乎？曰：非然。白难而色易也。曷言乎难②？是物之生，皆视根本，根本何色，枝叶亦作何色。人之根本维何？精也，血也。

　　精色带白，血则红而紫矣。多受父精而成胎者，其人之生也必白。父精母血交聚咸胎，或血多而精

<hr />

【注释】

① "素以为绚兮"：语出《论语·八佾》："子夏问曰：巧笑倩兮，美目盼兮，素以为绚兮，何谓也？"为子夏向孔子请教这三句诗的含义。前二句出自《诗·卫风·硕人》，而"素以为绚兮"则为佚诗。朱熹认为这三句诗均为佚诗。此处，李渔认为该句亦出自《诗》，当有误。朱熹注：素，粉地，画之质也。绚，彩色，画之饰也。言人有此倩盼之美质，而又加以华彩之饰，如有素地而加彩色也。

② 曷：何，为什么。

少者，其人之生也必在黑白之间。若其血色浅红，结而为胎，虽在黑白之间，及其生也，豢以美食，处以曲房，犹可日趋于淡，以脚地未尽缁也[1]。有幼时不白，长而始白者，此类是也。至其血色深紫，结而成胎，则其根本已缁，全无脚地可漂，及其生也，即服以水晶云母，居以玉殿琼楼，亦难望其变深为浅，但能守旧不迁，不致愈老愈黑，亦云幸矣。有富贵之家，生而不白，至长至老亦若是者，此类是也。知此，则知选材之法，当如染匠之受衣。有以白衣使漂者，受之，易为力也；有白衣稍垢而使漂者，亦受之，虽难为力，其力犹可施也；若以既染深色

【注释】

① 脚地：指根底、质地。缁：黑色。

之衣，使之剥去他色，漂而为白，则虽什佰其工价，必辞之不受。以人力虽巧，难拗天工，不能强既有者而使之无也。妇人之白者易相，黑者亦易相，惟在黑白之间者，相之不易。有三法焉：面黑于身者易白，身黑于面者难白；肌肤之黑而嫩者易白，黑而粗者难白；皮肉之黑而宽者易白，黑而紧且实者难白。面黑于身者，以面在外而身在内，在外则有风吹日晒，其渐白也为难；身在衣中，较面稍白，则其由深而浅，业有明征。使面亦同身，蔽之有物，其验亦若是矣，故易白。身黑于面者反此，故不易白。肌肤之细而嫩者，如绫罗纱绢，其体光滑，故受色易，退色亦易，稍受风吹，略经日照，则深者浅而浓者淡矣。粗则如布如毯，其受色之难，十倍于绫罗纱绢，至欲退之，其工又不止十倍，肌肤之理亦若是也，

故知嫩者易白，而粗者难白。皮肉之黑而宽者，犹细缎之未经熨，靴与履之未经楦者①，因其皱而未直，故浅者似深，淡者似浓，一经熨楦之后，则纹理陡变，非复曩时色相矣②。肌肤之宽者，以其血肉未足，犹待长养，亦犹待楦之靴履，未经烫熨之绫罗纱绢，此际若此，则其血肉充满之后必不若此，故知宽者易白，紧而实者难白。相肌之法，备乎此矣。若是，则白者、嫩者、宽者为人争取，其黑而粗、紧而实者遂成弃物乎？曰：不然。薄命尽出红颜，厚福偏归陋质，此等非他，皆素封伉俪之材，诰命夫人之料也。

【注释】

① 楦：楦头，楦鞋子用的木制模型，楦入鞋内，使鞋子平直不皱。

② 曩：以往，从前。

眉眼

　　面为一身之主，目又为一面之主。相人必先相面，人尽知之，相面必先相目，人亦尽知，而未必尽穷其秘。吾谓相人之法，必先相心，心得而后观其形体。形体维何？眉发口齿、耳鼻手足之类是也。心在腹中，何由得见？曰：有目在，无忧也。察心之邪正，莫妙于观眸子，子舆氏笔之于书[1]，业开风鉴之祖[2]。予无事赘陈其说，但言情性之刚柔，心思之愚慧。四者非他，即异日司花执爨之分途[3]，而狮吼堂与温柔乡接壤之地也。目细而长者，秉性必柔；目粗而大者，居心必悍；目善动而黑白分明

【注释】

① 子舆氏：孟子名轲，字子舆。战国时人。为儒家主要代表。《孟子·离娄上》记有相人之法："孟子曰：存乎人者，莫良于眸子。眸子不能掩其恶。胸中正则眸子瞭焉，胸中不正则眸子眊焉，听其言也，观其眸子，人焉廋哉。"（瞭：明亮也。眊：蒙蒙目不名之貌。廋：匿也。）

② 风鉴：指相术。即根据人的面貌、五官、骨骼、气色、体态、手纹等推测吉凶、祸福、贫富、贵贱、寿夭等。

③ 爨：灶，指烧火做饭。

者，必多聪慧；目常定而白多黑少，或白少黑多者，必近愚蒙。然初相之时，善转者亦未能遽转，不定者亦有时而定。何以试之？曰：有法在，无忧也。其法维何？一曰以静待动，一曰以卑瞩高。目随身转，未有动荡其身，而能胶柱其目者；使之乍往乍来，多行数武①，而我回环其目以视之，则秋波不转而自转，此一法也。妇人避羞，目必下视，我若居高临卑，彼下而又下，永无见目之时矣。必当处之高位，或立台坡之上，或居楼阁之前，而我故降其躯以瞩之，则彼下无可下，势必环转其睛以避我。虽云善动者动，不善动者亦动，而勉强自然之中，即有贵贱妍媸之别②，此又一法也。至于耳之大小，之高卑，

【注释】

① 武：古代以六尺为步，半步为武。

② 妍媸：美好和丑恶。妍：美；媸：相貌丑陋。

159

眉发之淡浓，唇齿之红白，无目者犹能按之以手，岂有识者不能鉴之以形？无俟哓哓[1]，徒滋繁渎[2]。

眉之秀与不秀，亦复关系情性，当与眼目同视。然眉眼二物，其势往往相因。眼细者眉必长，眉粗者眼必巨，此大较也，然亦有不尽相合者。如长短粗细之间，未能一一尽善，则当取长恕短，要当视其可施人力与否。张京兆工于画眉[3]，则其夫人之双黛，必非浓淡得宜，无可润泽者。短者可长，则妙在用增；粗者可细，则妙在用减。但有必不可少

───────【 注释 】───────

① 哓哓：争辩声。

② 徒滋繁渎：指因繁杂烦渎而惹人生厌。

③ 张京兆：即张敞，字子高，西汉大臣，宣帝时曾任京兆尹，直言敢谏。传说善于为妻子画眉，后文"善画之张郎"亦出自此。

之一字，而人多忽视之者，其名曰"曲"。必有天然之曲，而后人力可施其巧。"眉若远山""眉如新月"，皆言曲之至也，即不能酷肖远山，尽如新月，亦须稍带月形，略存山意；或弯其上而不弯其下，或细其外而不细其中，皆可自施人力。最忌平空一抹，有如太白经天[①]；又忌两笔斜冲，俨然倒书八字。变远山为近瀑，反新月为长虹，虽有善画之张郎，亦将畏难而却走。非选姿者居心太刻，以其为温柔乡择人，非为娘子军择将也。

雅趣小书

─── 【注释】 ───

① 太白经天：太白：星名，即金星，一名启明星。经天：从天际划过。

相女子者，有简便诀云："上看头，下看脚。"
似二语可概通身矣。予怪其最要一着，全未提起。
两手十指，为一生巧拙之关，百岁荣枯所系，相女
者首重在此，何以略而去之？且无论手嫩者必聪，
指尖者多慧，臂丰而腕厚者，必享珠围翠绕之荣；
即以现在所需而论之，手以挥弦，使其指节累累，
几类弯弓之决拾[①]；手以品箫，如其臂形攘攘，几
同伐竹之斧斤；抱枕携衾，观之兴索；捧卮进酒[②]，
受者眉攒，亦大失开门见山之初着矣。故相手一节，
为观人要着，寻花问柳者，不可不知。然此道亦难
言之矣。选人选足，每多窄窄金莲；观手观人，绝

【注释】

① 决拾：又作"抉拾"。古代射箭用具。决即扳指，射箭时套在右手
大拇指上，用以钩弦，保护手指；拾：射箭时用的皮制护袖，套于左臂
上，弯弓时保护手臂。此处"决拾"仅指扳指。

② 卮：古代一种盛酒的器皿，此处泛指酒杯。

少纤纤玉指。是最易者足，而最难者手，十百之中，不能一二靓也。须知立法不可不严，至于行法，则不容不恕。但于或嫩或柔或尖或细之中，取其一得，即可宽恕其他矣。

至于选足一事，如但求窄小，则可一目了然。倘欲由粗以及精，尽美而思善，使脚小而不受脚小之累，兼收脚小之用，则又比手更难，皆不可求而可遇者也。其累维何？因脚小而难行，动必扶墙靠壁，此累之在己者也；因脚小而致秽，令人掩鼻攒眉，此累之在人者也。其用维何？瘦欲无形，越看越生怜惜，此用之在日者也；柔若无骨，愈亲愈耐抚摩，此用之在夜者也。昔有人谓予曰："宜兴周相国，以千金购一丽人，名为'抱小姐'，因其脚小之至，寸步难移，每行必须人抱，是以得名。"予曰："果若是，则一泥塑美人而已矣，数钱可买，奚事千金？"①造物生人以足，欲其行也。昔形容女子娉婷者，非曰"步步生金莲"，即曰"行行如玉立"，皆谓其脚小能行，又复行而入画，是以可珍可宝。如其小而不行，则与刖足者何异？此小脚之累之不可有也。予遍游四方，见足之最小而无累，与最小而得用者，莫过于秦之兰州，晋之大同②。兰州女子之足，大者三寸，小者犹不及焉，又能步履如飞，男子有时追之不及，然去其凌波小袜而抚摩之，犹觉刚柔相半；即有柔若无骨者，然偶见则易，频遇为难。至大同名妓，则强半皆若是也。

【注释】

① 奚：为什么，怎么。

② 秦：此指甘肃。甘肃旧为秦地。晋：指山西。山西旧为晋地。

验足之法无他，只在多行几步，观其难行易动，察其勉强自然，则思过半矣。直则易动，曲即难行；正则自然，歪即勉强。直而正者，非止美观便走，亦少秽气。大约秽气之生，皆强勉造作之所致也。

态度

古云："尤物足以移人。"[1] 尤物维何？媚态是已。世人不知，以为美色。乌知颜色虽美，是一物也，乌足移人？加之以态，则物而尤矣。如云美色即是尤物，即可移人，则今时绢做之美女，画上之娇娥，其颜色较之生人，岂止十倍，何以不见移人，而使之害相思成郁病耶？是知"媚态"二字，必不可少。媚态之在人身，犹火之有焰，灯之有光，珠贝金银之有宝色，是无形之物，非有形之物也。惟其是物而非物，无形似有形，是以名为"尤物"。尤物者，怪物也，不可解说之事也。凡女子，一见即令人思，思而不能自已，遂至舍命以图，与生为难者，皆怪物也，皆不可解说之事也。吾于"态"之一字，服天地生人之巧，鬼神体物之工。使以我作天地鬼神，形体吾能赋之，知识我能予之，至于是物而非物，无形似有形之态度，我实不能变之化之，使其自无而有，复自有而无也。态之为物，不特能使美者愈美，艳者愈艳，且能使老者少而媸者妍，无情之事变为有情，使人暗受笼络而不觉者。女子一有媚态，三四分姿色，便可抵过六七分。试以六七分姿色而无媚态之妇人，与三四分姿色而有媚态之妇人同立一处，则人止爱三四分而不爱六七分，是态度之于颜色，犹不止一倍当两倍也。试以二三分姿色而无媚态之妇人，与全无姿色而止有媚态之妇人同立一处，或与人各交数言，则人止为媚态所惑，而不为美色所惑。是态度之于颜色，犹不止予以少敌多，且能以无而敌有也。今之女子，每有状貌姿容一无可取，而能令人思之不倦，甚至舍命相从者，皆"态"之一字之为祟也。是知选貌选姿，总不如选态一着之为要。态自天生，非可强造。强造之态，不能饰美，止能愈增其陋。同一颦也①，出于西施则可爱，出于东施则可憎者，天生、强造之别也。相面、相肌、相眉、相眼之法，皆可言传，独相态一事，则予心能知之，口实不能言之。口之所能言者，物也，非尤物也。噫，能使人知，而能使人欲言不得，其为物也何如！其为事也何如！岂非天地之间一大怪物，而从古及今，一件解说不来之事乎？

　　诘予者曰：既为态度立言，又不指人以法，终觉首鼠②，盍亦舍精言粗③，略示相女者以意乎？予曰：不得已而为言，止有直书所见，聊为榜样而已。向在维扬④，代一贵人相妾，靓妆而至者不一其人，始皆俯首而立，及命之抬头，一人不作羞容而竟抬；

【注释】

① 颦：皱，皱眉。

② 首鼠：亦作"首施"。踌躇、进退不定、瞻前顾后意，常作"首鼠两端"。

③ 盍：为何，何不。

④ 维扬：旧扬州府别称。《书·禹贡》："淮海惟扬州"，惟通"维"。庾信《哀江南赋》："淮海维扬，三千余里。"后因截取维扬二字以为名。明初曾置维扬府，后改扬州府。

一人娇羞腼腆，强之数四而后抬；一人初不即抬，及强而后可，先以眼光一瞬，似于看人而实非看人，瞬毕复定而后抬，俟人看毕，复以眼光一瞬而后俯，此即"态"也。记曩时春游遇雨，避一亭中，见无数女子，妍媸不一，皆踉跄而至。中一缟衣贫妇①，年三十许，人皆趋入亭中，彼独徘徊檐下，以中无隙地故也；人皆抖擞衣衫，虑其太湿，彼独听其自然，以檐下雨侵，抖之无益，徒现丑态故也。及雨将止而告行，彼独迟疑稍后，去不数武而雨复作，乃趋入亭。彼则先立亭中，以逆料必转，先踞胜地故也。然臆虽偶中②，绝无骄人之色。见后入者反立檐下，衣衫之湿，数倍于前，而此妇代为振衣，姿态百出，

【注释】

① 缟衣：白衣。缟：白色，或指未经染色的绢。
② 臆：主观推测。

竞若天集众丑，以形一人之媚者。自观者视之，其初之不动，似以郑重而养态；其后之故动，似以徜徉而生态^①。然彼岂能必天复雨，先储其才以俟用乎？其养也，出之无心；其生也，亦非有意，皆天机之自起自伏耳。当其养态之时，先有一种娇羞无那之致现于身外，令人生爱生怜，不俟娉婷大露而后觉也。斯二者，皆妇人媚态之一斑，举之以见大较。噫！以年三十许之贫妇，止为姿态稍异，遂使二八佳人与曳珠顶翠者，皆出其下，然则态之为用，岂浅鲜哉！

【注释】

---

① 徜徉：亦作"倘佯""尚羊""相羊""常羊"，语意为徘徊，来回走动。

人问：圣贤神化之事，皆可造诣而成，岂妇人媚态独不可学而至乎？予曰：学则可学，教则不能。人又问：既不能教，胡云可学？予曰：使无态之人与有态者同居，朝夕熏陶，或能为其所化；如蓬生麻中，不扶自直，鹰变成鸠，形为气感，是则可矣。若欲耳提而面命之，则一部"廿一史"①，当从何处说起？还怕愈说愈增其木强②，奈何！

【注释】

① 二十一史：在中国古代正史中，《史记》《汉书》《后汉书》《三国志》《晋书》《宋书》《南齐书》《梁书》《陈书》《魏书》《北齐书》《周书》《隋书》《南史》《北史》《新唐书》《新五代史》《宋史》《辽史》《金史》《元史》合称二十一史。清以后加《明史》为二十二史，后再加《旧唐书》、《旧五代史》为二十四史，最后加上《清史稿》，合为二十五史。李渔为明清之际人，当时正史只有二十一史，故此处之二十一史，乃是指一部中国通史之谓。

② 木强：此处指木讷、呆笨意。

妇人惟仙姿国色，无俟修容；稍去天工者，即不能免于人力矣。然予所谓"修饰"二字，无论妍媸美恶，均不可少。俗云："三分人材，七分妆饰。"此为中人以下者言之也。然则有七分人材者，可少三分妆饰乎？即有十分人材者，岂一分妆饰皆可不用乎？曰：不能也。若是，则修容之道不可不急讲矣。今世之讲修容者，非止穷工极巧，几能变鬼为神，我即欲勉竭心神，创为新说，其如人心至巧，我法难工，非但小巫见大巫，且如小巫之徒，往教大巫之师，其不遭喷饭而唾面者鲜矣。然一时风气所趋，往往失之过当。非始初立法之不佳，一人求胜于一人，一日务新于一日，趋而过之，致失其真之弊也。"楚王好细腰，宫中皆饿死；楚王好高髻，宫中皆一尺；楚王好大袖，宫中皆全帛。"[1]细腰非不可爱，

【注释】

[1] 楚王：指楚灵王。楚王好细腰故事，载于《墨子》《荀子》《韩非子》等书中。

高髻大袖非不美观，然至饿死，则人而鬼矣。髻至一尺，袖至全帛，非但不美观，直与魑魅魍魉①无别矣。此非好细腰、好高髻大袖者之过，乃自为饿死，自为一尺，自为全帛者之过也。亦非自为饿死，自为一尺，自为全帛者之过，无一人痛惩其失，著为章程，谓止当如此，不可太过，不可不及，使有遵守者之过也。吾观今日之修容，大类楚宫之末俗，著为章程，非草野得为之事。但不经人提破，使知不可爱而可憎，听其日趋日甚，则在生而为魑魅魍魉者，已去死人不远，矧腰成一缕②，有饿而必死之势哉！予为修容立说，实具此段婆心，凡为西子者，自当曲体人情，万毋遽发娇嗔，罪其唐突。

【注释】

① 魑魅：亦作"螭魅"，古代传说中的山泽鬼怪；魍魉：亦作"囧两"，古代传说中的精怪名。张衡《西京赋》有："魑魅魍魉，莫能逢旃。"

② 矧：况且。

盥栉①

盥面之法，无他奇巧，止是濯垢务尽。面上亦无他垢，所谓垢者，油而已矣。油有二种，有自生之油，有沾上之油。自生之油，从毛孔沁出，肥人多而瘦人少，似汗非汗者是也。沾上之油，从下而上者少，从上而下者多，以发与膏沐势不相离，发面交接之地，势难保其不侵。况以手按发，按毕之后，自上而下亦难保其不相挨擦，挨擦所至之处，即生油发亮之处也。生油发亮，于面似无大损，殊不知一日之美恶系焉，面之不白不匀，即从此始。从来上粉着色之地，最怕有油，有即不能上色。倘于浴面初毕，未经搽粉之时，但有指大一痕为油手所污，迨加粉搽面之后②则满面皆白而此处独黑，

【注释】
---

① 盥栉：洗脸梳头。

② 迨：等到，及。

175

又且黑而有光，此受病之在先者也。既经搽粉之后，而为油手所污，其黑而光也亦然，以粉上加油，但见油而不见粉也，此受病之在后者也。此二者之为患，虽似大而实小，以受病之处止在一隅，不及满面，闺人尽有知之者①。尚有全体受伤之患，从古佳人暗受其害而不知者，予请攻而出之②。从来拭面之巾帕，多不止于拭面，擦臂抹胸，随其所至；有腻即有油，则巾帕之不洁也久矣。即有好洁之人，止以拭面，不及其他，然能保其上不及发，将至额角而遂止乎？一沾膏沐，即非无油少腻之物矣。以此拭面，非拭面也，犹打磨细物之人，故以油布擦光，使其不沾他物也。他物不沾，粉独沾乎？凡有面不受妆，越匀越黑。同一粉也，一人搽之而白，一人搽之而不白者，职是故也。以拭面之巾有异同，

【注释】

① 闺人：闺指女子的卧室，闺人即女子。

② 攻：指责。此处引申为指出来。

非搽面之粉有善恶也。故善匀面者，必须先洁其巾。拭面之巾，止供拭面之用，又须用过即浣，勿使稍带油痕，此务本穷源之法也。

善栉不如善箆[1]，箆者，栉之兄也。发内无尘，始得丝丝现相，不则一片如毡，求其界限而不得，是帽也，非鬓也；是退光黑漆之器，非乌云蟠绕之头也。故善蓄姬妾者，当以百钱买梳，千钱购箆。箆精则发精，稍俭其值，则发损头痛，箆不数下而止矣。箆之极净，使便用梳[2]；而梳之为物，则越旧越精。"人惟求旧，物惟求新。"古语虽然，非为论梳而设。求其旧而不得，则富者用牙，贫者用角。新木之梳，即搜根剔齿者，非油浸十日，不可用也。

古人呼鬓为"蟠龙"。蟠龙者，鬓之本体，非由妆饰而成。随手绾成，皆作蟠龙之势，可见古人之妆，全用自然，毫无造作。然龙乃善变之物，发无一定之形，使其相传至今，物而不化，则龙非蟠龙，乃死龙矣；发非佳人之发，乃死人之发矣。无怪今人善变，变之诚是也。但其变之之形，只顾趋新，不求合理，只求变相，不顾失真。凡以彼物肖此物，必取其当然者肖之，必取其应有者肖之，又必取其形色相类者肖之；未有凭空捏造，任意为之而不顾者。古人呼发为"乌云"，呼髻为"蟠龙"者，以二物生于天上，宜乎在顶。发之缭绕似云，发之蟠曲似龙，而云之色有乌云，龙之色有乌龙。是色也，相也，情也，理也，事事相合，是以得名，非凭捏造，任意为之而不顾者也。窃怪今之所谓"牡丹头"、"荷花头"、"钵盂头"，种种新式，非不穷新极异，令人改观，然于当然应有、形色相类之义，则一无取焉。人之一身，手可生花，江淹之彩笔是也[1]；

【注释】

[1] 江淹：字文通。南朝文学家，历仕宋、齐、梁三代。少孤贫好学，早年即以文章著名。传说江淹曾梦见神人授与五色彩笔，梦醒后，笔下生花，文采斐然。江淹晚年所作诗文不如早期，人谓"江郎才尽"。

舌可生花，如来之广长是也[1]；头则未见其生花，生之自今日始。此言不当然而然也。发上虽有簪花之义，未有以头为花，而身为蒂者；钵盂乃盛饭之器，未有倒贮活人之首，而作覆盆之象者。此皆事所未闻，闻之自今日始。此言不应有而有也。群花之色，万紫千红，独不见其有黑。设立一妇人于此，有人呼之为"黑牡丹"、"黑莲花"、"黑钵盂"者，此妇必艴然而怒[2]，怒而继之以骂矣。以不喜呼名之怪物，居然自肖其形，岂非绝不可解之事乎？吾谓美人所梳之髻，不妨日异月新，但须筹为理之所有。理之所有者，其象多端，然总莫妙于云龙二物。仍用其名而变更其实，则古制新裁，并行而不悖矣。

【注释】

① "舌可生花"句：《法华经》说如来佛"现大神力，出广长舌，上至梵世"。后用以比喻人能言善辩。

② 艴然：亦作"怫然"，恼怒貌。

◆ 勿谓止此二物，变来有限，须知普天下之物，取其
千态万状，越变而越不穷者，无有过此二物者矣。
龙虽善变，犹不过飞龙、游龙、伏龙、潜龙、戏珠
龙、出海龙之数种。至于云之为物，顷刻数迁其位，
须臾屡易其形，"千变万化"四字，犹为有定之称，
其实云之变相，"千万"二字，犹不足以限量之也。
若得聪明女子，日日仰观天象，既肖云而为鬓，复
肖鬓而为云，即一日一更其式，犹不能尽其巧幻，
毕其离奇，矧未必朝朝变相乎？若谓天高云远，视
不分明，难于取法，则令画工绘出巧云数朵，以纸
剪式，衬于发下，俟栉沐既成，而后去之，此简便
易行之法也。云上尽可着色，或簪以时花，或饰以
珠翠，幻作云端五彩，视之光怪陆离。但须位置得宜，
使与云体相合，若其中应有此物者，勿露时花珠翠

之本形，则尽善矣。肖龙之法：如欲作飞龙、游龙，则先以己发梳一光头于下，后以假髻制作龙形髻[1]，盘旋缭绕，覆于其上。务使离发少许，勿使相粘相贴，始不失飞龙、游龙之义；相粘相贴，则是潜龙、伏龙矣。悬空之法，不过用铁线一二条，衬于不见之处，其龙爪之向下者，以发作线，缝于光发之上，则不动矣。戏珠龙法，以作小龙二条，缀于两旁，尾向后而首向前，前缀大珠一颗，近于龙嘴，名为"二龙戏珠"。出海龙亦照前式，但以假作波浪纹，缀于龙身空隙之处，皆易为之，是数法者，皆以云龙二物分体为之，是云自云而龙自龙也。予又谓云龙二物，势不宜分。"云从龙，风从虎"[2]，《周易》

【注释】

① 髻：假发。

② "云从龙，风从虎"：见《易·乾》："子曰：同声相应，同气相求，水流湿，火就燥。云从龙，风从虎。圣人作而万物睹。本乎天者亲上，本乎地者亲下，则各从其类也。"比喻同类事物互相感应。如龙现生云，虎现生风。

业有成言，是当合而用之。同用一，同作一假，何不幻作云龙二物，使龙勿露全身，云亦勿作全朵，忽而见龙，忽而见云，令人无可测识，是美人之头，尽有盘旋飞舞之势，朝为行云，暮为行雨，不几两擅其绝，而为阳台神女之现身哉？噫，笠翁于此搜尽枯肠，为此髻者，不可不加尸祝[①]。天年以后，倘得为神，则将往来绣阁之中，验其所制，果有裨于花容月貌否也。

【注释】

① 尸祝：古代祭祀时任尸和祝的人。古代祭祀时代表死者受祭的活人称"尸"，祭礼时祝祷、司告鬼神的人称"祝"。此处"尸祝"引申为崇拜的意思。

薰陶①

名花美女，气味相同，有国色者，必有天香。天香结自胞胎，非由薰染，佳人身上实实有此一种，非饰美之词也。此种香气，亦有姿貌不甚姣艳，而能偶擅其奇者。总之，一有此种，即是夭折摧残之兆，红颜薄命未有捷于此者。有国色而有天香，与无国色而有天香，皆是千中遇一；其余则薰染之力，不可少也。其力维何？富贵之家，则需花露。花露者，摘取花瓣入甄，酝酿而成者也。蔷薇最上，群花次之。然用不须多，每于盥浴之后，挹取数匙入掌，拭体拍面而匀之。此香此味，妙在似花非花，是露非露，有其芬芳，而无其气息，是以为佳，不似他种香气，或速或沉，是兰是桂，一嗅即知者也。其

【注释】

① 薰陶：薰，薰香。此处指女子以香味薰染自己，使体含香气。

次则用香皂浴身，香茶沁口①，皆是闺中应有之事。皂之为物，亦有一种神奇，人身偶染秽物，或偶沾秽气，用此一擦，则去尽无遗。由此推之，即以百和奇香拌入此中，未有不与垢秽并除，混入水中而不见者矣；乃独去秽而存香，似有攻邪不攻正之别。皂之佳者，一浴之后，香气经日不散，岂非天造地设，以供修容饰体之用者乎？香皂以江南六合县出者为第一②，但价值稍昂，又恐远不能致，多则浴体，少则止以浴面，亦权宜丰俭之策也。至于香茶沁口，费亦不多，世人但知其贵，不知每日所需，不过指大一片，重止毫厘。裂成数块，每于饭后及临睡时，以少许润舌，则满吻皆香；多则味苦，而反成药气

【注释】

① 香茶：一种用中药和香料混合制成的茶叶。含于口中可除异味，沁香气，亦可提神。古代男女幽会时，常口嚼香茶。

② 六合县：在江苏省境内。

矣。凡此所言，皆人所共知，予特申明其说，以见美人之香，不可使之或无耳。别有一种，为值更廉，世人食而但甘其味，嗅而不辨其香者，请揭出言之：果中荔子，虽出人间，实与交梨、火枣无别，其色国色，其香天香，乃果中尤物也。予游闽粤，幸得饱啖而归，庶不虚生此口，但恨造物有私，不令四方皆出。陈不如鲜，夫人而知之矣；殊不知荔之陈者，香气未尝尽没，乃与橄榄同功，其好处却在回味时耳。佳人就寝，止啖一枚，则口脂之香，可以竟夕，多则甜而腻矣。须择道地者用之，枫亭是其选也。人问：沁口之香，为美人设乎？为伴美人者设乎？予曰：伴者居多。若论美人，则五官四体皆为人设，奚止口内之香。

点染

　　"却嫌脂粉污颜色，淡扫蛾眉朝至尊。"[1]此唐人妙句也。今世讳言脂粉，动称污人之物，有满面是粉而云粉不上面，遍唇皆脂而曰脂不沾唇者，皆信唐诗太过，而欲以虢国夫人自居者也[2]。噫，脂粉焉能污人？人自污耳。人谓脂粉二物，原为中材而设，美色可以不需。予曰：不然。惟美色可施脂粉，其余似可不设。何也？二物颇带世情，大有趋炎附热之态，美者用之愈增其美，陋者加之更益其陋。使以绝代佳人而微施粉泽，略染腥红，有不增娇益媚者乎？使以娃颜陋妇而丹铅其面[3]，粉藻

<hr />

【注释】

① "却嫌脂粉污颜色，淡扫蛾眉朝至尊"：出自唐代诗人杜甫《虢国夫人诗》。

② 虢国夫人：唐玄宗贵妃杨玉环之姊，原嫁裴氏，以艳丽著称，后得唐玄宗宠幸，封虢国夫人，广收贿赂，穷奢极欲。安史之乱时，随玄宗西逃，至马嵬驿，杨贵妃被缢杀，虢国夫人逃至陈仓自杀。

③ 丹铅：旧时点校书籍所用的丹砂与铅粉称丹铅。此处指女子用的化妆品。丹，朱红色，指胭脂；铅，黑色，指描眉笔。

其姿，有不惊人骇众者乎？询其所以然之故，则以白者可使再白，黑者难使遽白；黑上加之以白，是欲故显其黑，而以白物相形之也。试以一墨一粉，先分二处，后合一处而观之，其分处之时，黑自黑而白自白，虽云各别其性，未甚相仇也；迨其合处，遂觉黑不自安而白欲求去。相形相碍，难以一朝居者，以天下之物，相类者可使同居，即不相类而相似者，亦可使之同居；至于非但不相类、不相似，而且相反之物，则断断勿使同居，同居必为难矣。此言粉之不可混施也。脂则不然，面白者可用，面黑者亦可用。但脂粉二物，其势相依，面上有粉而唇上涂脂，则其色灿然可爱，倘面无粉泽而止丹唇，非但红色不显，且能使面上之黑色变而为紫，以紫之为色，非系天生，乃红黑二色，合而成之者也。黑一见红，若逢故物，不求合而自合，精光相射，不觉紫气东来，使乘老子青牛①，竟有五色灿然之瑞矣。若是，则脂粉二物，竟与若辈无缘，终身可不用矣；何以世间女于人人不舍，刻刻相需，而人亦未尝以脂粉多施，摈而不纳者②？曰：不然。予所论者，乃面色最黑之人，所谓不相类、不相似，而且相反者也。若介在黑白之间，则相类而相似矣，既相类而相似，有何不可同居？但须施之有法，使浓淡得宜，则二物争效其灵矣。从来傅粉之面③，止耐远观，难于近视，以其不能匀也。画士着色，用胶始匀，无胶则研杀不合。人面非同纸绢，万无用胶之理，此其所以不匀也。有法焉：请以一次分为二次，自淡而浓，由薄而厚，则可保无是患矣。

【注释】

① "紫气东来，老子青牛"句：典出汉刘向《列仙传》："老子西游，关令尹喜望见有紫气浮关，而老子果乘青牛而过也。"传说老子西游，过函谷关(一说散关)，关令尹喜望见紫气东来，知有圣人经过，不久，老子果然骑青牛经过。《史记·老子列传》亦记其事。

② 摈：排斥、摈弃。

③ 傅粉：傅通"敷"；搽粉，抹粉。

请以他事喻之。砖匠以石灰粉壁，必先上粗灰一次，后上细灰一次；先上不到之处，后上者补之；后上偶遗之处，又有先上者衬之，是以厚薄相均，泯然无迹。使以二次所上之灰，并为一次，则非但拙匠难匀，巧者亦不能遍及矣。粉壁且然，况粉面乎？今以一次所傅之粉，分为二次傅之，先傅一次，俟其稍干，然后再傅第二次，则浓者淡而淡者浓，虽出无心，自能巧合，远观近视，无不宜矣。此法不但能匀，且能变换肌肤，使黑者渐白。何也？染匠之于布帛，无不由浅而深，其在深浅之间者，则非浅非深，另有一色，即如文字之有过文也。如欲染紫，必先使白变红，再使红变为紫；红即白紫之过文，未有由白竟紫者也。如欲染青，必使白变为蓝，再使蓝变为青；蓝即白青之过文，未有由白竟青者也。如妇人面容稍黑，欲使竟变为白，其势实难。今以薄粉先匀一次，是其面上之色，已在黑白之间，非若曩时之纯黑矣；再上一次，是使淡白变为深白，非使纯黑变为全白也。难易之势，不大相径庭哉？由此推之，则二次可广为三，深黑可同于浅，人间世上，无不可用粉匀面之妇人矣。此理不待验而始明，凡读是编者，批阅至此，即知湖上笠翁原非蠹物，不止为风雅功臣，亦可谓红裙知己。初论面容黑白，未免立说过严。非过严也，使知受病实深，而后知德医人果有起死回生之力也。舍此更有二说，皆浅乎此者，然亦不可不知：匀面必须匀项，否则前白后黑，有如戏场之鬼脸；匀面必记掠眉，否则霜花覆眼，几类春生之社婆[1]。至于点唇之法，又与匀面相反，一点即成，始类樱桃之体；若陆续增添，二三其手，即有长短宽窄之痕，是为成串樱桃，非一粒也。

———————————————【注释】———————————————

[1] 春生之社婆：春生指春社，古时称春、秋两次祭祀土神的日子为社日，立春后的第五个戊日为春社，立秋后的第五个戊日为秋社。社婆：古时称生来眉发皆白者，男为社公，女为社婆，亦称土地神为社公、社婆。此处社婆显指在春社祭祀土地神活动中妆成眉发皆白的扮演者。

治服

古云："三世长者知被服，五世长者知饮食。"俗云："三代为宦，着衣吃饭。"古语今词，不谋而合，可见衣食二事之难也。饮食载于他卷，兹不具论，请言被服一事。寒贱之家，自羞褴褛，动以无钱置服为词，谓一朝发迹，男可翩翩裘马，妇则楚楚衣裳。孰知衣衫之附于人身，亦犹人身之附于其地。人与地习，久始相安，以极奢极美之服，而骤加俭朴之躯，则衣衫亦类生人，常有不服水土之患。宽者似窄，短者疑长，手欲出而袖使之藏，项宜伸而领为之曲，物不随人指使，遂如桎梏其身，"沐猴而冠"为人指笑者①。非沐猴不可着冠，以其着

【注释】

① 沐猴而冠：沐猴即猕猴，猕猴戴帽子，本用以比喻虚有仪表。典出《史记·项羽本纪》："说者曰：'人言楚人沐猴而冠耳，果然'。项王闻之，烹说者。"说者讽刺项羽虚有仪表，徒然称王，而难成气候。李渔此处用此成语则为借用，乃指衣冠与人不相称。

之不惯，头与冠不相称也。此犹粗浅之论，未及精微。"衣以章身"，请晰其解。章者，著也，非文采彰明之谓也。身非形体之身，乃智愚贤不肖之实备于躬，犹"富润屋，德润身"之身也[1]。同一衣也，富者服之章其富，贫者服之益章其贫；贵者服之章其贵，贱者服之益章其贱。有德有行之贤者，与无品无才之不肖者，其为章身也亦然。设有一大富长者于此，衣百结之衣[2]，履踵决之履[3]，一种丰腴气象，自能跃出衣履之外，不问而知为长者。是敝服垢衣，亦能章人之富，况罗绮而文绣者乎？丐夫菜佣窃得美服而被焉，往往因之得祸，以服能

【注释】

① 富润屋，德润身：语出《礼记·大学》。朱熹注：富则能润屋矣，德则能润身矣。盖善之实于中而形于外者如此。郑玄注：言有实于内，则显见于外。语意为：富贵能润泽其屋，品德能润泽其身。

② 百结之衣：古谓以碎布结成之衣为百结。后常指衣多补缀。

③ 踵决之履：《庄子·让王》："抓襟而肘见，纳履而踵决。"踵决：露出了脚跟。

章贫，不必定为短褐^①，有时亦在长裾耳^②。"富润屋，德润身"之解，亦复如是。富人所处之屋，不必尽为画栋雕梁；即居茅舍数椽，而过其门、入其室者，常见荜门圭窦之间^③，自有一种旺气，所谓"润"也。公卿将相之后，子孙式微，所居门第未尝稍改，而经其地者，觉有冷气侵入，此家门枯槁之过，润之无其人也。从来读《大学》者，未得其解，释以雕

——————————————— 【注释】 ———————————————

① 褐：粗麻布制成的短衫。

② 长裾：长袍。裾：衣服的前襟，也称大襟。

③ 荜门圭窦：即荜门闺窦，亦作"荜门圭窬"。指贫穷人家的住处。

镂粉藻之义。果如其言，则富人舍其旧居，另觅新居而加以雕镂粉藻；则有德之人亦将弃其旧身，另易新身而后谓之心广体胖乎[1]？甚矣！读书之难，而章句训诂之学非易事也。予尝以此论见之说部，今复叙入《闲情》。噫！此等诠解，岂好闲情、作小说者所能道哉？偶寄云尔。

【注释】

[1] 心广体胖：《礼记·大学》："富润屋，德润身，心广体胖，故君子必诚其意。"朱熹注：心无愧怍，则广大宽平，而体常舒泰，德之润身者然也。李渔此处引"心广体胖"是批评人乱解《大学》。

首饰

声容

珠翠宝玉，妇人饰发之具也；然增娇益媚者以此，损娇掩媚者亦以此。所谓增娇益媚者，或是面容欠白，或是发色带黄，有此等奇珍异宝覆于其上，则光芒四射，能令肌发改观，与玉蕴于山而山灵，珠藏于泽而泽媚同一理也。若使肌白发黑之佳人满头翡翠，环鬓金珠，但见金而不见人，犹之花藏叶底，月在云中，是尽可出头露面之人，而故作藏头盖面之事。巨眼者见之[①]，犹能略迹求真，谓其美丽当不止此，使去粉饰而全露天真，还不知如何妩媚；使遇皮相之流[②]，止谈妆饰之离奇，不及姿容窈窕，

【注释】

① 巨眼者：目光敏锐，有见识的人。

② 皮相之流：没有眼光的人。皮相：从表面上看，只看外表。

是以人饰珠翠宝玉，非以珠翠宝玉饰人也。故女人一生，戴珠顶翠之事，止可一月，万勿多时。所谓一月者，自作新妇于归之日始^①，至满月卸妆之日止。只此一月，亦是无可奈何。父母置办一场，翁姑婚娶一次，非此艳妆盛饰，不足以慰其心。过此以往，则当去桎梏而谢羁囚，终身不修苦行矣。一簪一珥，便可相伴一生。此二物者，则不可不求精善。富贵之家，无妨多设金玉犀贝之属，各存其制，屡变其形，或数日一更，或一日一更，皆未尝不可。贫贱之家，力不能办金玉者，宁用骨角，勿用铜锡。骨角耐观，制之佳者，与犀贝无异，铜锡非止不雅，且能损发。簪珥之外，所当饰鬓者，莫妙于时花数朵，较之珠翠宝玉，非止雅俗判然，且亦生死迥别。《清平调》之首句云："名花倾国两相欢。"欢者，喜也，相欢者，彼既喜我，我亦喜彼之谓也。国色乃人中之花，

【注释】

① 于归之日：旧时称女子出嫁为于归。于归之日即女子出嫁之日。《诗·周南·桃夭》："之子于归，宜其室家。"

名花乃花中之人，二物可称同调，正当晨夕与共者也。汉武云："若得阿娇，贮之金屋。"吾谓金屋可以不设，药栏花榭则断断应有，不可或无。富贵之家如得丽人，则当遍访名花，植于闽内[1]，使之旦夕相亲，珠围翠绕之荣不足道也。晨起簪花，听其自择。喜红则红，爱紫则紫，随心插戴，自然合宜，所谓两相欢也。寒素之家，如得美妇，屋旁稍有隙地，亦当种树栽花，以备点缀云鬟之用。他事可俭，此事独不可俭。妇人青春有几，男子遇色为难。尽有公侯将相，富室大家，或苦缘分之悭，或病中宫之妒，欲亲美色而毕世不能。我何人斯？而擅有此乐。不得一二事娱悦其心，不得一二物妆点其貌，是为暴殄天物，犹倾精米洁饭于粪壤之中也。即使赤贫之家，卓锥无地[2]，欲艺时花而不能者，亦当乞诸

【注释】

① 闽内：即庭院内。

② 卓锥无地：立锥之地。卓：直立。苏辙《次韵洞山克文长老》诗："无地容锥卓，年来转觉贫。"

名园，购之担上。即使日费几文钱，不过少饮一杯酒，既悦妇人之心，复娱男子之目，便宜不亦多乎？更有俭于此者，近日吴门所制象生花[1]，穷精极巧，与树头摘下者无异，纯用通草[2]，每朵不过数文，可备月余之用。绒绢所制者，价常倍之，反不若此物之精雅，又能肖真。而时人所好，偏在彼而不在此，岂物不论美恶，止论贵贱乎？噫！相士用人者，亦复如此，奚止于物。

吴门所制之花，花象生而叶不象生，户户皆然，殊不可解。若去其假叶而以真者缀之，则因叶真而花益真矣。亦是一法。

时花之色，白为上，黄次之，淡红次之，最忌大红，尤忌木红[3]。玫瑰，花之最香者也，而色太艳，止宜压在鬓下，暗受其香，勿使花形全露，全露则

【注释】

① 吴门：苏州的别称。

② 通草：即通脱木，一种植物。

③ 木红：疑指木棉花之红色。木棉也称攀枝花，先叶开花，大而红。

类村妆，以村妇非红不爱也。

花中之茉莉，舍插鬓之外，一无所用。可见天之生此，原为助妆而设，妆可少乎？珠兰亦然[1]。珠兰之妙，十倍茉莉，但不能处处皆有，是一恨事。

予前论鬟，欲人革去"牡丹头"、"荷花头"、"钵盂头"等怪形，而以假作云龙等式。客有过之者，谓："吾侪立法，当使天下去赝存真，奈何教人为伪？"予曰："生今之世，行古之道，立言则善，谁其从之？不若因势利导，使之渐近自然。"妇人之首，不能无饰，自昔为然矣。与其饰以珠翠宝玉，不若饰之以。虽云假，原是妇人头上之物，以此为饰，可谓还其固有，又无穷奢极靡之滥费，与崇尚时花，鄙黜珠玉，同一理也。予岂不能为高世之论哉？虑其无裨人情耳。[2]

[注释]

① 珠兰：即金粟兰，又称珍珠兰。初夏开花，穗状花序，呈圆锥形，花小，黄绿色，极芳香。

② 裨：补益。

簪之为色，宜浅不宜深，欲形其发之黑也。玉为上，犀之近黄者、蜜蜡之近白者次之，金银又次之，玛瑙琥珀皆所不取。簪头取象于物，如龙头、凤头、如意头、兰花头之类是也。但宜结实自然，不宜玲珑雕斫；宜与发相依附，不得昂首而作跳跃之形。盖簪头所以压发，服帖为佳，悬空则谬矣。

饰耳之环，愈小愈佳，或珠一粒，或金银一点，此家常佩戴之物，俗名"丁香"，肖其形也。若配盛妆艳服，不得不略大其形，但勿过丁香之一倍二倍。既当约小其形①，复宜精雅其制，切忌为古时络索之样②，时非元夕③，何须耳上悬灯？若再饰以珠翠，则为福建之珠灯，丹阳之料丝灯矣？其为灯也犹可厌，况为耳上之环乎？

【注释】

① 约：此处作约束、要求。

② 络索：串状饰品。

③ 元夕：元宵。

衣衫

　　妇人之衣，不贵精而贵洁，不贵丽而贵雅，不贵与家相称，而贵与貌相宜。绮罗文绣之服，被垢蒙尘，反不若布服之鲜美，所谓贵洁不贵精也。红紫深艳之色，违时失尚，反不若浅淡之合宜，所谓贵雅不贵丽也。贵人之妇，宜披文采，寒俭之家，当衣缟素，所谓与人相称也。然人有生成之面，面有相配之衣，衣有相配之色，皆一定而不可移者。今试取鲜衣一袭，令少妇数人先后服之，定有一二中看，一二不中看者，以其面色与衣色有相称、不相称之别，非衣有公私向背于其间也。使贵人之妇之面色，不宜文采而宜缟素，必欲去缟素而就文采，不几与面为仇乎？故曰不贵与家相称，而贵与面相宜。大约面色之最白最嫩，与体态之最轻盈者，斯无往而不宜。色之浅者显其淡，色之深者愈显其淡；衣之精者形其娇，衣之粗者愈形其娇。此等即非国

202

色，亦去夷光、王嫱不远矣①，然当世有几人哉？稍近中材者，即当相体裁衣，不得混施色相矣。相体裁衣之法，变化多端，不应胶柱而论②，然不得已而强言其略，则在务从其近而已。面颜近白者，衣色可深可浅；其近黑者，则不宜浅而独宜深，浅则愈彰其黑矣。肌肤近腻者，衣服可精可粗；其近糙者，则不宜精而独宜粗，精则愈形其糙矣。然而贫贱之家，求为精与深而不能，富贵之家欲为粗与浅而不可，则奈何？曰：不难。布苎有精粗深浅之别③，绮罗文采亦有精粗深浅之别，非谓布苎必粗而罗绮必精，锦绣必深而缟素必浅也。与缎之体质不光、花纹突起者，即是精中之粗，深中之浅；布

--------【注释】--------

① 夷光、王嫱：夷光即西施，春秋时越国美女。王嫱，字昭君，西汉美女，元帝时嫁匈奴单于。

② 胶柱而论：指拘泥不知变通的言论。胶柱：瑟上有柱张弦，用以调节音色，柱被胶粘住，音调便不能变换。成语有"胶柱鼓瑟"。典出《史记·廉颇蔺相如列传》。

③ 苎：即苎麻。

与苎之纱线紧密、漂染精工者，即是粗中之精，浅中之深。凡予所言，皆贵贱咸宜之事，既不详绣户而略衡门①，亦不私贫家而遗富室。盖美女未尝择地而生，佳人不能选夫而嫁，务使得是编者，人人有裨，则怜香惜玉之念，有同雨露之均施矣。

迩来衣服之好尚，有大胜古昔，可为一定不移之法者，又有大背情理，可为人心世道之忧者，请并言之。其大胜古昔，可为一定不移之法者，大家富室，衣色皆尚青是已。(青非青也，元也。因避讳，故易之。)②记予儿时所见，女子之少者，尚银红桃红，稍长者尚月白，未几而银红桃红皆变大红，月白变蓝，再变则大红变紫，蓝变石青。迨鼎革以后③，

───────── 【注释】 ─────────

① 绣户：雕绘华美的门户，多指女子居处。衡门：横木为门，指简陋的房屋。《诗·陈风·衡门》："衡门之下，可以栖迟。"

② 元：即玄，清代避圣祖(玄烨)讳，改玄作元。玄色：一种带赤的黑色，如玄青。

③ 鼎革：即鼎新革故。《易·杂卦》："革，去故也；鼎：取新也。"多指朝政变革或改朝换代。李渔此处所说的鼎革之后是指清兵入关，取代明朝，建立清朝之后。

则石青与紫皆罕见，无论少长男妇，皆衣青矣，可谓"齐变至鲁，鲁变至道"，变之至善而无可复加者矣。其递变至此也，并非有意而然，不过人情好胜，一家浓似一家，一日深于一日，不知不觉，遂趋到尽头处耳。然青之为色，其妙多端，不能悉数。但就妇人所宜者而论，面白者衣之，其面愈白，面黑者衣之，其面亦不觉其黑，此其宜于貌者也。年少者衣之，其年愈少，年老者衣之，其年亦不觉甚老，此其宜于岁者也。贫贱者衣之，是为贫贱之本等，富贵者衣之，又觉脱去繁华之习，但存雅素之风，亦未尝失其富贵之本来，此其宜于分者也。他色之衣，极不耐污，略沾茶酒之色，稍侵油腻之痕，非染不能复着，染之即成旧衣。此色不然，惟其极浓也，凡淡乎此者，皆受其侵而不觉；惟其极深也，凡浅乎此者，皆纳其污而不辞，此又其宜于体而适于用者也。贫家止此一衣，无他美服相衬，亦未尝尽现底里，以覆其外者色原不艳，即使中衣敝垢，未甚相形也；如用他色于外，则一缕欠精，即彰其丑矣。富贵之家，凡有锦衣绣裳，皆可服之于内，风飘袂起，五色灿然，使一衣胜似一衣，非止不掩中藏，且莫能穷其底蕴。"诗云'衣锦尚'，恶其文之著也"[1]。此独不然，止因外色最深，使里衣之文越著，有复古之美名，无泥古之实害。二八佳人，如欲华美其制，则青上洒线，青上堆花，较之他色更显。

【注释】

① 诗云："衣锦尚"，恶其文之著也：语出《中庸》。"衣锦尚"本出《诗经·卫风·硕人》，原作"衣锦褧衣"，""同"褧"。用麻布制成的单罩衣。尚：加也。意思是在锦衣华服上罩上一件麻布衣衫，是因为讨厌华丽露在外面。《中庸》此句本意是讲做人的道理，李渔借此句来阐述服饰之法。

反复求之，衣色之妙，未有过于此者。后来即有所变，亦皆举一废百，不能事事咸宜，此予所谓大胜古昔，可为一定不移之法者也。至于大背情理，可为人心世道之忧者，则零拼碎补之服，俗名呼为"水田衣"者是已。衣之有缝，古人非好为之，不得已也。人有肥瘠长短之不同，不能象体而织，是必制为全帛，剪碎而后成之，即此一条两条之缝，亦是人身赘瘤，万万不能去之，故强存其迹。赞神仙之美者，必曰"天衣无缝"，明言人间世上，多此一物故也。而今且以一条两条，广为数十百条，非止不似天衣，且不使类人间世上，然而愈趋愈下，将肖何物而后已乎？推原其始，亦非有意为之，盖由缝衣之奸匠，明为裁剪，暗作穿窬①，逐段窃取而藏之，无由出

【注释】

① 穿窬：指盗窃行为。《论语·阳货》："譬诸小人，其犹穿窬之道也与！"朱熹注："穿，穿壁；窬，逾墙。"

脱，创为此制，以售其奸。不料人情厌常喜怪，不惟不攻其弊，且群然则而效之。毁成片者为零星小块，全帛何罪，使受寸磔之刑？缝碎裂者为百衲僧衣，女子何辜，忽现出家之相？风俗好尚之迁移，常有关于气数，此制不于今昉①，而于崇祯末年。予见而诧之，尝谓人曰："衣衫无故易形，殆有若或使之者②，六合以内，得无有土崩瓦解之事乎？"未几而闯氛四起③，割裂中原，人谓予言不幸而中。方今圣人御世，万国来归，车书一统之朝④，此等制度，自应潜革。倘遇同心，谓刍荛之言，不甚訾

【注释】

① 昉：曙光初现为昉。引申为开始。

② 殆：大概；若：海神名，海若。《庄子·秋水》："望洋向若而叹。"此处隐指神明。

③ 闯氛四起：指明末李自成起义。李自成自称闯王。

④ 车书：《中庸》："今天下，车同轨，书同文。"指国家文物制度划一，天下一统。后因以车书指国家的文物制度。

谬^①，交相劝谕，勿效前颦，则予为是言也，亦犹鸡鸣犬吠之声，不为无补于盛治耳。

云肩以护衣领^②，不使沾油，制之最善者也。但须与衣同色，近观则有，远视若无，斯为得体。即使难于一色，亦须不甚相悬。若衣色极深，而云肩极浅，或衣色极浅，而云肩极深，则是身首判然，虽曰相连，实同异处，此最不相宜之事也。予又谓云肩之色，不惟与衣相同，更须里外合一，如外色是青，则夹里之色亦当用青，外色是蓝，则夹里之色亦当用蓝。何也？此物在肩，不能时时服贴，稍遇风飘，则夹里向外，有如飓吹残叶，风卷败荷，美人之身不能不现历乱萧条之象矣。若使里外一色，

【注释】

① 刍荛之言：草野之人的言论，常用为对自己言论的谦词。刍荛：割草打柴的人。多用指草野鄙陋之人。訾：厌恶；谬：错误，没道理。

② 云肩：旧时妇女披在肩上的装饰物。

则任其整齐颠倒，总无是患。然家常则已，出外见人，必须暗定以线，勿使与服相离，盖动而色纯，总不如不动之为愈也。

妇人之妆，随家丰俭，独有价廉功倍之二物，必不可无。一曰半臂[1]，俗呼"背褡"者是也；一曰束腰之带，俗呼"鸾绦"者是也。妇人之体，宜窄不宜宽，一着背褡，则宽者窄，而窄者愈显其窄矣。妇人之腰，宜细不宜粗，一束以带，则粗者细，而细者倍觉其细矣。背褡宜着于外，人皆知之；鸾绦宜束于内，人多未谙。带藏衣内，则虽有若无，似腰肢本细，非有物缩之使细也。

裙制之精粗，惟视折纹之多寡。折多则行走自

———————————————— 【注释】 ————————————————

① 半臂：短袖或无袖的单上衣。后亦专指背心。即书中所说之"背褡"。

如，无缠身碍足之患，折少则往来局促，有拘挛桎梏之形；折多则湘纹易动，无风亦似飘，折少则胶柱难移，有态亦同木强。故衣服之料，他或可省，裙幅必不可省。古云："裙拖六幅湘江水[1]。"幅既有八，则折纹之不少可知。予谓八幅之裙，宜于家常；人前美观，尚须十幅。盖裙幅之增，所费无几，况增其幅，必减其丝。惟细縠轻绡[2]可以八幅十幅，厚重则为滞物，与幅减而折少者同矣。即使稍增其值，亦与他费不同。妇人之异于男子，全在下体。男子生而愿为之有室，其所以为室者，只在几希之间耳。掩藏秘器，爱护家珍，全在罗裙几幅，可不

【注释】

[1] 出自李群玉《同郑相并歌姬小饮戏赠》："裙拖六幅湘江水，鬓耸巫山一段云。"

[2] 縠：绉纱一类的丝织品；绡：生丝织成的薄绸。薄纱。

丰其料而美其制，以贻采葑采菲者诮乎^①？近日吴门所尚"百裥裙"，可谓尽美。予谓此裙宜配盛服，又不宜于家常，惜物力也。较旧制稍增，较新制略减，人前十幅，家居八幅，则得丰俭之宜矣。吴门新式，又有所谓"月华裙"者，一裥之中，五色俱备，犹皎月之现光华也，予独怪而不取。人工物料，十倍常裙，暴殄天物，不待言矣，而又不甚美观。盖下体之服，宜淡不宜浓，宜纯不宜杂。予尝读旧诗，见"飘血色裙拖地"、"红裙妒杀石榴花"等句^②，颇笑前人之笨。若果如是，则亦艳妆村妇而已矣，乌足动雅人韵士之心哉？惟近制"弹墨裙"，颇饶别致，然犹未获我心，嗣当别出新裁，以正同调^③。思而未制，不敢轻以误人也。

【注释】

① 采葑采菲：语出《诗·邶风·匏有苦叶》："采葑采菲，无以下体。"葑菲即蔓菁和葍；下体指根茎。两者叶和根茎均可食，但根茎有时味苦。诗意以采葑菲者不可以其根之恶而弃其茎之美。比喻夫妇相处，应以德为重，不可因女子容颜衰退就遗弃。

② 此两句诗出自万楚《五日观妓》诗。

③ 正：指正，请教意。

　　男子所着之履，俗名为鞋，女子亦名为鞋。男子饰足之衣，俗名为袜，女子独易其名曰"褙"，其实褙即袜也。古云"凌波小袜"，其名最雅，不识后人何故易之？袜色尚白，尚浅红；鞋色尚深红，今复尚青，可谓制之尽美者矣。鞋用高底，使小者愈小，瘦者愈瘦，可谓制之尽美又尽善者矣。然足之大者，往往以此藏拙，埋没作者一段初心，是止供丑妇效颦，非为佳人助力。近有矫其弊者，窄小金莲，皆用平底，使与伪造者有别。殊不知此制一设，则人人向高底乞灵，高底之为物也，遂成百世不祧之祀[1]，有之则大者亦小，无之则小者亦大。尝有三寸无底之足，与四五寸有底之鞋同立一处，反觉四五寸之小，而三寸之大者，以有底则指尖向下，而秃者疑尖，无底则玉笋朝天，而尖者似秃故也。吾谓高底不宜尽去，只在减损其料而已。足之大者，利于厚而不利于薄，薄则本体现矣；利于大而不利于小，小别痛而不能行矣。我以极薄极小者形之，则似鹤立鸡群，不求异而自异。世岂有高底如钱，不扭捏而能行之大脚乎？

古人取义命名，纤毫不爽，如前所云"蟠龙"名髻，"乌云"为发之类是也。独于妇人之足，取义命名，皆与实事相反。何也？足者，形之最小者也；莲者，花之最大者也；而名妇人之足者，必曰"金

【注释】

[1] 百世不祧之祀：祧：祖庙、祠堂。此处此句比喻长久相承的习俗。

莲"，名最小之足者，则曰"三寸金莲"。使妇人之足，果如莲瓣之为形，则其阔而大也，尚可言乎？极小极窄之莲瓣，岂止三寸而已乎？此"金莲"之义之不可解也。从来名妇人之鞋者，必曰"凤头"。世人顾名思义，遂以金银制凤，缀于鞋尖以实之。试思凤之为物，止能小于大鹏；方之众鸟[1]，不几洋洋乎大观也哉？以之名鞋，虽曰赞美之词，实类讥讽之迹。如曰"凤头"二字，但肖其形，凤之头锐而身大，是以得名；然则众鸟之头，尽有锐于凤者，何故不以命名，而独有取于凤？且凤较他鸟，其首独昂，妇人趾尖，妙在低而能伏，使如凤凰之昂首，其形尚可观乎？此"凤头"之义之不可解者也。若是，则古人之命名取义，果何所见而云然？岂终不

可解乎？曰：有说焉①。妇人裹足之制，非由前古，盖后来添设之事也。其命名之初，妇人之足亦犹男子之足，使其果如莲瓣之稍尖，凤头之稍锐，亦可谓古之小脚。无其制而能约小其形，较之今人，殆有过焉者矣。吾谓"凤头""金莲"等字相传已久，其名未可遽易，然止可呼其名，万勿肖其实；如肖其实，则极不美观，而为前人所误矣。不宁惟是，凤为羽虫之长，与龙比肩，乃帝王饰衣饰器之物也，以之饰足，无乃大亵名器乎②？尝见妇人绣袜，每

作龙凤之形，皆昧理僭分之大者，不可不为拈破[1]。近日女子鞋头，不缀凤而缀珠，可称善变。珠出水底，宜在凌波袜下，且似粟之珠，价不甚昂，缀一粒于鞋尖，满足俱呈宝色。使登歌舞之氍毹[2]，则为走盘之珠；使作阳台之云雨，则为掌上之珠。然作始者见不及此，亦犹衣色之变青，不知其然而然，所谓暗合道妙者也。予友余子澹心，向著《鞋袜辨》一篇，考缠足之从来，核妇履之原制，精而且确，足与此说相发明[3]，附载于后。

【注释】

① 拈破：道破，指出。

② 氍毹：毛织的地毯。

③ 相发明：互相阐发、证明。

妇人鞋袜辨

余怀①

古妇人之足,与男子无异。《周礼》有屦人②,掌王及后之服屦,为赤舄③、黑舄、赤繶④、黄、青、素屦、葛屦,辨外内命夫命妇之功屦⑤、命屦、散屦。可见男女之屦,同一形制,非如后世女子之弓弯细纤,

---

【注释】

① 余怀:字澹心。明清之际文士,为李渔好友,二人过从甚密。曾为李渔《闲情偶记》作序。

② 《周礼》:亦称《周官》或《周官经》。儒家经典之一。屦人:掌管鞋子的人。屦:麻、葛等制成的单底鞋。

③ 舄:古代一种复底鞋。

④ 繶:丝绦,即浑圆的丝带。

⑤ 命夫:古代朝廷任命的官员;命妇:古代妇女之有封号者。宫廷中嫔妃等称内命妇,宫廷外臣下的母、妻称外命妇。命妇按等级享有各种仪节上的待遇。后一般多指官员的母、妻。

以小为贵也。考之缠足，起于南唐李后主[1]。后主有宫嫔娘，纤丽善舞，乃命作金莲，高六尺，饰以珍宝带缨络，中作品色瑞莲[2]，令娘以帛缠足，屈上作新月状，着素袜，行舞莲中，回旋有凌云之态。由是人多效之，此缠足所自始也。唐以前未开此风，故词客诗人，歌咏美人好女，容态之殊丽，颜色之天姣，以至面妆首饰、衣裀裙裾之华靡，鬓发、眉眼、唇齿、腰肢、手腕之婀娜秀洁，无不津津乎其言之，而无一语及足之纤小者。即如古乐府[3]之《双行缠》

───────────── 【注释】 ─────────────

① 李后主：即李煜，五代时南唐国王，世称李后主，为亡国之君。能诗文、音乐、书画，尤以词名，亦以风流名世。

② 品色：各色、五彩。品：众。

③ 乐府：古代音乐官署，始于秦，汉时乐府规模较大，掌音乐，兼采民间诗歌和乐曲，形成乐府诗，又称汉乐府。

云："新罗绣白胫，足趺如春妍。"曹子建云："践远游之文履。"① 李太白诗云："一双金齿屐。两足白如霜。"韩致光诗云②："六寸肤圆光致致"，杜牧之诗云："钿尺裁量减四分"，《汉杂事秘辛》云："足长八寸，胫跗丰妍③。"夫六寸八寸，素白丰妍，可见唐以前妇人之足，无屈上作新月状者也。即东昏潘妃④，作金莲花贴地，令妃行其上，曰"此步步生金莲花"，非谓足为金莲也。崔豹《古今注》："东晋有凤头重台之履"，不专言妇人也。

【注释】

① 曹植：字子建，三国魏诗人，曹操之子，极富才气，以诗、赋名世，文中所引"践远游之文履"，出自《洛阳赋》。

② 韩致光：即韩偓，字致尧(一作致光)，小字冬郎，自号玉山樵人，唐末诗人，其诗多写艳情，词藻华丽，有香奁体之称，有《韩内翰别集》。

③ 胫：小腿。跗：脚背。

④ 东昏潘妃：南齐东昏侯萧宝卷穷奢极侈，曾令潘妃步行于金莲花上。事见《南史》卷五《齐本纪下·废帝东昏侯纪》："又凿金为莲花以贴地，令潘妃行其上，曰'此步步生莲花也'。"

宋元丰以前，缠足者尚少，自元至今，将四百年，矫揉造作亦泰甚矣。古妇人皆着袜。杨太真死之日[1]，马嵬媪得锦袎袜一只，过客一玩百钱。李太白诗云："溪上足如霜，不着鸦头袜。"袜一名"膝裤"。宋高宗闻秦桧死，喜曰："今后免膝裤中插匕首矣。"则袜也，膝裤也，乃男女之通称，原无分别。但古有底，今无底耳。古有底之袜，不必着鞋，皆可行地；今无底之袜，非着鞋，则寸步不能行矣。张平子云[2]："罗袜凌蹑足容与。"曹子建云："凌波微步，罗

【注释】

---

① 杨太真：即杨贵妃，小字玉环，得唐玄宗宠爱，其堂兄杨国忠专权。安史之乱时随玄宗西逃，至马嵬驿(今陕西兴平西)。军士杀国忠，又请杀杨贵妃，遂被缢杀。

② 张平子：即张衡，字平子，东汉科学家、文学家，有《张河间集》。

袜生尘。"李后主词云:"刬袜下香阶,手提金缕鞋。"古今鞋袜之制,其不同如此。至于高底之制,前古未闻,于今独绝。吴下妇人^①,有以异香为底,围以精绫者;有凿花玲珑,囊以香麝,行步霏霏,印香在地者。此则服妖,宋元以来,诗人所未及,故表而出之,以告世之赋"香奁"、咏"玉台"者^②。

【注释】

① 吴下:即苏州。

② 香奁:盛放香粉、镜子等化妆品的匣子。引申为香艳之意。玉台:镜台,通指女子之梳妆台。赋"香奁"、咏"玉台"者:喜欢写香艳题材的人。

袜色与鞋色相反，袜宜极浅，鞋宜极深，欲其相形而始露也。今之女子，袜皆尚白，鞋用深红深青，可谓尽制。然家家若是，亦忌雷同。予欲更翻置色，深其袜而浅其鞋，则脚之小者更露。盖鞋之为色，不当与地色相同。地色者，泥土砖石之色是也。泥土砖石其为色也多深，浅者立于其上，则界限分明，不为地色所掩。如地青而鞋亦青，地绿而鞋亦绿，则无所见其短长矣。脚之大者则应反此，宜视地色以为色，则藏拙之法，不独使高底居功矣。鄙见若此，请以质之金屋主人①，转询阿娇，定其是否。

【注释】

① 金屋主人：典出汉武帝金屋藏娇故事，此处泛指好风月之男子，后文阿娇亦系泛指美女。

雅趣小书

习技

"女子无才便是德。"言虽近理，却非无故而云然。因聪明女子失节者多，不若无才之为贵。盖前人愤激之词，与男子因官得祸，遂以读书作宦为畏途，遗言戒子孙，使之勿读书、勿作宦者等也。此皆见噎废食之说，究竟书可竟弃[1]，仕可尽废乎？吾谓才德二字，原不相妨。有才之女，未必人人败行；贪淫之妇，何尝历历知书[2]？但须为之夫者，既有怜才之心，兼有驭才之术耳。至于姬妾婢媵[3]，又与正室不同。娶妻如买田庄，非五谷不殖，非桑麻不树，稍涉游观之物，即拔而去之，以其为衣食所出，地力有限，不能旁及其他也。买姬妾如治园

【注释】

① 竟：尽。

② 历：普遍。

③ 媵：古时称随嫁的女子为妾媵。

圃，结子之花亦种，不结子之花亦种；成荫之树亦栽，不成荫之树亦栽，以其原为娱情而设，所重在耳目，则口腹有时而轻，不能顾名兼顾实也。使姬妾满堂，皆是蠢然一物，我欲言而彼默，我思静而彼喧，所答非所问，所应非所求，是何异于入狐狸之穴，舍宣淫而外，一无事事者乎？故习技之道，不可不与修容、治服并讲也。技艺以翰墨为上，丝竹次之，歌舞又次之，女工则其分内事，不必道也。然尽有专攻男技，不屑女红，鄙织为贱役，视针线如仇雠，甚至三寸弓鞋不屑自制，亦倩老妪贫女为捉刀人者[①]，亦何借巧藏拙，而失造物生人之初意

【注释】

① 倩：请，央求。

哉！予谓妇人职业，毕竟以缝纫为主，缝纫既熟，徐及其他。予谈习技而不及女工者，以描鸾刺凤之事，闺阁中人人皆晓，无俟予为越俎之谈①。其不及女工，而仍郑重其事，不敢竟遗者，虑开后世逐末之门，置纺绩蚕缫于不讲也。虽说闲情，无伤大道，是为立言之初意尔。

【注释】

① 越俎之谈：谈论非自己职分内之事。越俎，典出《庄子·逍遥游》："庖人虽不治庖，尸、祝不越樽俎而代之矣。"后人因以越俎代庖谓人各有专职，尽管他人不尽职，也不必超越自己的职务范围去代做。

文艺

　　学技必先学文。非曰先难后易，正欲先易而后难也。天下万事万物，尽有开门之锁钥。锁钥维何^①？文理二字是也。寻常锁钥，一钥止开一锁，一锁止管一门；而文理二字之为锁钥，其所管者不止千门万户。盖合天上地下，万国九州，其大至于无外，其小至于无内^②，一切当行当学之事，无不握其枢纽，而司其出入者也。此论之发，不独为妇人女子，通天下之士农工贾、三教九流^③、百工技艺，皆当作如是观。以许大世界，摄入"文理"二字之中，

------ 【注释】 ------

① 维：乃，是。

② 无外：指无边无际的宇宙。无内：指无法进入的斗室。外：界之外；内：人也。

③ 三教九流：三教即儒教、佛教、道教，九流即儒家、道家、阴阳家、法家、名家、墨家、纵横家、杂家、农家者流。亦用以贬称江湖上操各种行业的杂色人等。李渔此处取后义。

可谓约矣，不知二字之中，又分宾主。凡学文者，非为学文，但欲明此理也。此理既明，则文字又属敲门之砖，可以废而不用矣。天下技艺无穷，其源头止出一理。明理之人学技，与不明理之人学技，其难易判若天渊。然不读书不识字，何由明理？故学技必先学文。然女子所学之文，无事求全责备，识得一字，有一字之用，多多益善，少亦未尝不善；事事能精，一事自可愈精。予尝谓土木匠工，但有能识字记帐者，其所造之房屋器皿，定与拙匠不同，且有事半功倍之益。人初不信，后择数人验之，果如予言。粗技若此，精者可知。甚矣，字之不可不识，理之不可不明也！

妇人读书习字，所难只在入门。入门之后，其聪明必过于男子，以男子念纷，而妇人心一故也。导之入门，贵在情窦未开之际，开则志念稍分，不似从前之专一。然买姬置妾，多在三五、二八之年①，娶而不御②，使作蒙童求我者③，宁有几人？如必俟情窦未开，是终身无可授之人矣。惟在循循善诱，勿阻其机，"扑作教刑"一语④，非为女徒而设也。先令识字，字识而后教之以书。识字不贵多，每日仅可数字，取其笔画最少，眼前易见者训之。由易而难，由少而多，日积月累，则一年半载以后，不令读书而自解寻章觅句矣。乘其爱看之时，急觅传奇之有情节、小说之无破绽者，听其翻阅，则书非

---

① 三五、二八之年：十五、十六岁。

② 御：用也。此处指与女子发生性关系。

③ 蒙童：学童、学生。

④ 语出《尚书·舜典》。扑：刑杖。语意为用刑杖作为责罚生徒的教刑。

书也，不怒不威而引人登堂入室之明师也。其故维何？以传奇、小说所载之言，尽是常谈俗语，妇人阅之，若逢故物。譬如一句之中，共有十字，此女已识者七，未识者三，顺口念去，自然不差。是因已识之七字，可悟未识之三字，则此三字也者，非我教之，传奇、小说教之也。由此而机锋相触，自能曲喻旁通。再得男子善为开导，使之由浅而深，则共枕论文，较之登坛讲艺，其为时雨之化，难易奚止十倍哉？十人之中，拔其一二最聪慧者，日与谈诗，使之渐通声律，但有说话铿锵，无重复聱牙之字者①，即作诗能文之料也。苏夫人说"春夜月胜于秋夜月，秋夜月令人惨凄，春夜月令人和悦"，

【注释】

① 聱牙：语言不平易、拗口。

此非作诗，随口所说之话也。东坡因其出口合律，许以能诗，传为佳话。此即说话铿锵，无重复聱牙，可以作诗之明验也。其余女子，未必人人若是，但能书义稍通，则任学诸般技艺，皆是锁钥到手，不忧阻隔之人矣。

妇人读书习字，无论学成之后，受益无穷，即其初学之时，先有裨于观者：只须案摊书本，手捏柔毫①，坐于绿窗翠箔之下，便是一幅画图。班姬续史之容②，谢庭咏雪之态③，不过如是，何必睹其题咏，较其工拙，而后有闺秀同房之乐哉？噫！此等画图，人间不少，无奈身处其地，皆作寻常事

【注释】

① 柔毫：毛笔。

② 班姬续史：班昭，一名姬，字惠班，东汉史学家。父班彪、兄班固均为史学家。班固死后，班昭续撰《汉书》，传为佳话，昭亦以才女名世。

③ 谢庭咏雪：谢道韫，东晋女诗人，以才名世。谢庭咏雪故事出自《世说新语·言语》："谢太傅(谢安)寒雪日内集，与儿女讲论文义。俄而雪骤，公欣然曰：'白雪纷纷何所似？'兄子胡儿曰：'撒盐空中差可拟。'兄女(即谢道韫)曰：'未若柳絮因风起。'公大笑乐。"谢道韫以"柳絮因风起"比喻漫天飞舞的鹅毛大雪，后世常用作咏雪的经典。

物观，殊可惜耳。

欲令女子学诗，必先使之多读，多读而能口不离诗，以之作话，则其诗意诗情，自能随机触露，而为天籁自鸣矣[1]。至其聪明之所发，思路之由开，则全在所读之诗之工拙，选诗与读者，务在善迎其机。然则选者维何？曰：在"平易尖颖"四字[2]。平易者，使之易明且易学；尖颖者，妇人之聪明，大约在纤巧一路，读尖颖之诗，如逢故我，则喜而愿学，所谓迎其机也。所选之诗，莫妙于晚唐及宋人，初中盛三唐，皆所不取；至汉魏晋之诗，皆秘勿与见，见即阻塞机锋，终身不敢学矣。此予边见[3]，

━━━━━━━━━━ 【注释】 ━━━━━━━━━━

① 天籁：自然界的音响。诗论中称诗歌不事雕琢，得自然之妙趣者为天籁。
② 尖颖：细腻灵巧意。
③ 边见：不高明之见。

高明者阅之，势必哑然一笑。然予才浅识隘，仅足为女子之师，至高峻词坛，则生平未到，无怪乎立论之卑也。

女子之善歌者，若通文义，皆可教作诗余①。盖长短句法，日日见于词曲之中，入者既多，出者自易，较作诗之功为尤捷也。曲体最长，每一套必须数曲，非力赡者不能②。诗余短而易竟，如《长相思》《浣溪纱》《如梦令》《蝶恋花》之类，每首不过一二十字，作之可逗灵机。但观诗余选本，多闺秀女郎之作，为其词理易明，口吻易肖故也。然诗余既熟，即可由短而长，扩为词曲，其势亦易。果能如是，听其自制自歌，则是名士佳人合而为一，

【注释】

① 诗余：即词，古有词为诗之余之说。唐五代时称词为曲、杂曲或曲子词，词体萌芽于南朝，形成于唐代，盛行于宋代，因其文体句子长短不一，也称长短句，另有诗余、乐府、琴趣、乐章等别称。

② 赡：充裕，足够。

千古来韵事韵人，未有出于此者。吾恐上界神仙，自鄙其乐，咸欲谪向人寰而就之矣。此论前人未道，实实创自笠翁，有由此而得妙境者，切勿忘其所本。

以闺秀自命者，书、画、琴、棋四艺，均不可少。然学之须分缓急，必不可已者先之^①，其余资性能兼，不妨次第并举，不则一技擅长，才女之名著矣。琴列丝竹，别有分门，书则前说已备。善教由人，善习由己，其工拙浅深，不可强也。画乃闺中末技，学不学听之。至手谈一节^②，则断不容已，教之使学，其利于人己者，非止一端。妇人无事，必生他想，得此遣日，则妄念不生，一也；女子群居，争端易酿，以手代舌，是喧者寂之，二

【注释】

① 必不可已：必不可少。已：停止，罢免。
② 手谈：下棋，一般指下围棋。

也；男女对坐，静必思淫，鼓瑟鼓琴之暇，焚香啜茗之余，不设一番功课，则静极思动，其两不相下之势，不在几案之前，即居床第之上矣。一涉手谈，则诸想皆落度外，缓兵降火之法，莫善于此。但与妇人对垒，无事角胜争雄，宁饶数子而输彼一筹，则有喜无嗔，笑容可掬；若有心使败，非止当下难堪，且阻后来弈兴矣。

纤指拈棋，踌躇不下，静观此态，尽勾消魂。必欲胜之，恐天地间无此忍人也。

双陆投壶诸技[1]，皆在可缓。骨牌赌胜，亦可消闲，且易知易学，似不可已。

【注释】

[1] 双陆：古代的一种赌博游戏，相传由天竺传入，盛行于南北朝及隋唐时，闺中女子多作此博戏。因局为棋盘，左右各有六路，故名。黑白各十五枚，两人相博，骰子掷彩行马，先出完者胜。投壶：古代的一种游戏，《礼记·投壶》叙述甚详。方法是以盛酒壶的壶口作目标，用矢投入，以投中多少定胜负，本为饮酒所设，后亦用于博彩。

丝竹

丝竹之音[①]，推琴为首。古乐相传至今，其已变而未尽变者，独此一种，余皆末世之音也。妇人学此，可以变化性情，欲置温柔乡，不可无此陶熔之具。然此种声音，学之最难，听之亦最不易。凡令姬妾学此者，当先自问其能弹与否。主人知音，始可令琴瑟在御。不则弹者铿然，听者茫然，强束官骸以俟其阕[②]，是非悦耳之音，乃苦人之具也，习之何为？凡人买姬置妾，总为自娱。己所悦者，导之使习；己所不悦，戒令勿为，是真能自娱者也。尝见富贵之人，听惯弋阳、四平等腔[③]，极嫌昆调

【注释】

① 丝竹：对弦乐器与竹制管乐器的总称。亦用于泛指乐器。

② 官骸：官：五官；骸：形体；阕：止，指乐终。《礼记·郊特牲》："乐三阕，然后出迎牲。"孔颖达疏："阕，止也。奏乐三遍，止。"

③ 弋阳腔、四平腔：都是明代中叶前后兴起的戏曲声腔。弋阳腔出自江西，四平腔出自安徽。

之冷，然因世人雅重昆调，强令歌童习之，每听一曲，攒眉许久，座客亦代为苦难，此皆不善自娱者也。予谓人之性情，各有所嗜，亦各有所厌，即使嗜之不当，厌之不宜，亦不妨自攻其谬[1]。自攻其谬，则不谬矣。予生平有三癖，皆世人共好而我独不好者，一为果中之橄榄，一为馔中之海参，一为衣中之茧。此三物者，人以食我，我亦食之；人以衣我，我亦衣之；然未尝自沽而食，自购而衣，因不知其精美之所在也。谚云："村人吃橄榄，不知回味。"予真海内之村人也。因论习琴，而谬谈至此，诚为饶舌。

---------------------【注释】---------------------

[1] 攻：此处作坚固，引申为坚持、固执。

人问：主人善琴，始可令姬妾学琴，然则教歌舞者，亦必主人善歌善舞而后教乎？须眉丈夫之工此者，有几人乎？曰：不然。歌舞难精而易晓，闻其声音之婉转，睹见体态之轻盈，不必知音始能领略，座中席上，主客皆然，所谓雅俗共赏者是也。琴音易响而难明，非身习者不知，惟善弹者能听。伯牙不遇子期①，相如不得文君②，尽日挥弦，总成虚鼓。吾观今世之为琴，善弹者多，能听者少；延名师、教美妾者尽多，果能以此行乐，不愧文君、相如之名者绝少。务实不务名，此予立言之意也。若使主人善操，财当舍诸技而专务丝桐③。"妻子

【注释】

① 伯牙遇子期：典出《吕氏春秋》：俞伯牙善于弹琴，只有钟子期能完全理解琴意，因引为知音，钟子期死，伯牙终身不再弹琴。

② 相如得文君：司马相如为西汉名士。卓文君为临邛富豪卓王孙之女，喜好音乐。新寡中结识司马相如，一见钟情，相如以琴心挑之，二人私奔成婚，一度当垆卖酒，后得卓王孙赠金，二人迁居成都。事见《史记·司马相如列传》。

③ 丝桐：指琴，琴多用桐木制成，上安丝弦，故称丝桐。

好合，如鼓瑟琴。"①"窈窕淑女，琴瑟友之。"②琴瑟非他，胶漆男女，而使之合一；联络情意，而使之不分者也。花前月下，美景良辰，值水阁之生凉，遇绣窗之无事，或夫唱而妻和，或女操而男听，或两声齐发，韵不参差，无论身当其境者俨若神仙，即画成一幅合操图，亦足令观者消魂，而知音男妇之生妒也。

丝音自蕉桐而外③，女予宜学者，又有琵琶、弦索、提琴之三种④。琵琶极妙，惜今时不尚，善弹者少，然弦索之音，实足以代之。弦索之形较琵

【注释】

① 语出《诗·小雅·皇皇者华》。朱熹注："言妻子好合，如琴瑟之和。"

② 语出《诗·国风·周南·关雎》。朱熹注："琴，五弦或七弦，瑟，二十五弦，皆丝属，乐之小者也，友者，亲爱之意也。""窈窕淑女，既得之，则当亲爱而娱乐之。"

③ 蕉桐：即"焦桐"，"蕉"通"焦"。《后汉书·蔡邕传》："吴人有烧桐以爨者，邕闻火烈之声，知其良木，因请裁为琴，果有美音，而其尾犹焦，故时人名曰焦尾琴焉。"后因称琴为焦桐。

④ 弦索：三弦琴。提琴：胡琴。

琶为瘦小，与女郎之纤体最宜。近日教习家，其于声音之道，能不大谬于宫商者①，首推弦索，时曲次之②，戏曲又次之。予向有场内无文，场上无曲之说，非过论也。止为初学之时，便以取舍得失为心，虑其调高和寡，止求为"下里巴人"，不愿作"阳春白雪"，故造到五七分即止耳。提琴较之弦索，形愈小而声愈清，度清曲者必不可少。提琴之音，即绝少美人之音也，春容柔媚③，婉转断续，无一不肖。即使清曲不度，止令善歌二人，一吹洞箫，一拽提琴，暗谱悠扬之曲，使隔花间柳者听之，

雅趣小书

【注释】

---

① 宫商：指音律。中国古代称宫、商、角、变徵、徵、羽、变宫为七声，以其中任何一声为主，均可构成一种调式。变化甚多，有八十四调。明清以来，最常用有五宫四调，合称"九宫"。宫商为最常用之调。

② 时曲：即时调，指民间流行的时新曲调，明清时尤为盛行，如《挂枝儿》《打枣竿》等甚为流行。

③ 春容：原指使劲撞击巨钟。形容声调宏大响亮。

俨然一绝代佳人，不觉动怜香惜玉之思也。

丝音之最易学者，莫过于提琴，事半功倍，悦耳娱神。吾不能不德创始之人，令若辈尸而祝之也[1]。

竹音之宜于闺阁者[2]，惟洞箫一种。笛可暂而不可常。到笙、管二物，则与诸乐并陈，不得已而偶然一弄，非绣窗所应有也。盖妇人奏技，与男子不同，男子所重在声，妇人所重在容。吹笙搦管之时，声则可听，而容不耐看，以其气塞而腮胀也，花容

月貌为之改观，是以不应使习。妇人吹箫，非止容颜不改，且能愈增娇媚。何也？按风作调^①，玉笋为之愈尖；簇口为声，朱唇因而越小。画美人者，常作吹箫图，以其易于见好也。或箫或笛，如使二女并吹，其为声也倍清，其为态也更显，焚香啜茗而领略之，皆能使身不在人间世也。

吹箫品笛之人，臂上不可无钏。钏又勿使太宽，宽则藏于袖中，不得见矣。

【注释】

① 按风作调：指吹箫时，指尖按动箫孔而吹出各种音调。风：箫孔逸出之风。

歌舞①

声容

昔人教女予以歌舞，非教歌舞，习声容也。欲其声音婉转，则必使之学歌；学歌既成，则随口发声，皆有燕语莺啼之致，不必歌而歌在其中矣。欲其体态轻盈，则必使之学舞；学舞既熟，则回身举步，悉带柳翻花笑之容，不必舞而舞在其中矣。古人立法，常有事在此而意在彼者。如良弓之子先学为箕，良冶之子先学为裘。妇人之学歌舞，即弓冶之学箕裘也。后人不知，尽以声容二字属之歌舞，是歌外不复有声，而征容必须试舞，凡为女子声，即有飞燕之轻盈②，夷光之妖媚，舍作乐无所见长。

【注释】

① 《演习部》中已载者，一语不赘。彼系泛论优伶，此则单言女乐。然教习声乐者，不论男女，二册皆当细阅。——作者注。

② 飞燕：即赵飞燕。西汉美女，本为阳阿公主家舞女，因体态轻盈，号称飞燕。成帝召入宫，封为婕妤，又立为皇后，专宠十余年。因其身材苗条，古有"燕瘦环肥"之说。

然则一日之中，其为清歌妙舞者，有几时哉？若使声容二字，单为歌舞而设，则其教习声容，犹在可疏可密之间。若知歌舞二事，原为声容而设，则其讲究歌舞，有不可苟且塞责者矣。但观歌舞不精，则其贴近主人之身，而为雨尤云之事者①，其无娇音媚态可知也。

"丝不如竹，竹不如肉。"②此声乐中三昧语，谓其渐近自然也。予又谓男音之为肉，造到极精处，止可与丝竹比肩，犹是肉中之丝，肉中之竹也。何以知之？但观人赞男音之美者，非曰"其细如丝"，则曰"其清如竹"，是可概见。至若妇人之音，则纯乎其为肉矣。语云："词出佳人口。"予曰：不

【注释】

① 雨尤云：指男欢女爱。
② 肉：肉喉，指声乐。

必佳人，凡女子之善歌者，无论妍媸美恶，其声音皆迥别男人。貌不扬而声扬者有之，未有面目可观而声音不足听者也。但须教之有方，导之有术，因材而施，无拂其天然之性而已矣。歌舞二字，不止谓登场演剧，然登场演剧一事，为今世所极尚，请先言其同好者。

一曰取材。取材维何？优人所谓"配脚色"是已 ①。喉音清越而气长者，正生、小生之料也 ②；喉音娇婉而气足者，正旦、贴旦之料也，稍次则充老旦；喉音清亮而稍带质朴者，外末之料也；喉音悲壮而略近嘁杀者 ③，大净之料也。至于丑与副净，

【注释】

① 优人：古代称以乐舞戏谑为业的艺人为优伶。一般以表现乐舞为主的称"倡优"，以表演戏谑为主的称"俳优"。宋元以来，则常称戏曲演员为优人或伶人。

② 正生、小生及下文之正旦、贴旦、外末，大净、丑、副净等均为戏曲行当角色。传统戏曲行当分工细密，一般有生、旦、净、丑、末五个基本行当，各行当又有更细的分工。

③ 嘁杀：声音急促。

则不论喉音，只取性情之活泼，口齿之便捷而已。然此等脚色，似易实难。男优之不易得者二旦，女优之不易得者净丑。不善配脚色者，每以下选充之，殊不知妇人体态不难于庄重妖娆，而难于魁奇洒脱；苟得其人，即使面貌娉婷，喉音清婉，可居生旦之位者，亦当屈抑而为之。盖女优之净丑，不比男优，仅有花面之名，而无抹粉涂胭之实，虽涉诙谐谑浪，犹之名士风流。若使梅香之面貌胜于小姐[1]，奴仆之词曲过于官人，则观者听者倍加怜惜，必不以其所处之位卑，而遂卑其才与貌也。

二曰正音。正音维何？察其所生之地，禁为乡

【注释】

---

[1] 梅香：旧时多以梅香作婢女的名字。习以成俗，因以梅香为婢女的代称。

土之言，使归《中原音韵》之正者是已①。乡音一转而即合昆调者，惟姑苏一郡②。一郡之中，又止取长、吴二邑③余皆稍逊，以其与他郡接壤，即带他郡之音故也。即如梁溪境内之民④，去吴门不过数十里，使之学歌，有终身不能改变之字，如呼酒钟为"酒宗"之类是也。近地且然，况愈远而愈别者乎？然不知远者易改，近者难改；词语判然、声音迥别者易改，词语声音大同小异者难改。譬如楚人往粤，越人来吴，两地声音判如霄壤，或此呼而彼不应，或彼说而此不言，势必大费精神，改唇易舌，求为同声相应而后已。止因自任为难，故转觉其易也。至入附近之地，彼所言者，我亦能言，不过出口收音之稍别，改与不改，无甚关系，往往因仍苟且，以度一生。止因自视为易，故转觉其难也。正音之道，无论异同远近，总当视易为难。选女乐者，必自吴门是已。然尤物之生，未尝择地，燕姬赵女、越妇秦娥见于载籍者，不一而足。"惟楚有材，惟晋用之。"[①]此言晋人善用，非曰惟楚能生材也。予游遍域中，觉四方声音，凡在二八上下之年者，无不可改，惟八闽、江右二省[②]，新安、武林二郡[③]，较他处为稍难耳。正音有法，当择其一韵之中，字字皆别，而所别之韵，又字字相同者，取其吃紧一二字，出全副精神以正之。正得一二字转，则破竹之势已成，凡属此一韵中相同之字，皆不正而自转矣。请言一二以概之：

[注释]

---

① 语出《左传》。

② 八闽：福建省的别称。福建古为闽地，宋时分为八个府、州、军，元分为八路。因有八闽之称。江右：江西省的别称，古人在地理上以东为左，以西为右。

③ 新安：旧时徽州的别称。武林：旧时杭州的别称。

九州以内，择其乡音最劲、舌本最强者而言，则莫过于秦晋二地。不知秦晋之音，皆有一定不移之成格。秦音无"东钟"，晋音无"真文"；秦音呼"东钟"为"真文"，晋音呼"真文"为"东钟"。此予身入其地，习处其人，细细体认而得之者。秦人呼中庸之中为"胅"，通达之通为"吞"，东南西北之东为"敦"，青红紫绿之红为"魂"，凡属东钟一韵者，字字皆然，无一合于本韵，无一不涉真文。岂非秦音无东钟，秦音呼东钟为真文之实据乎？我能取此韵中一二字，朝训夕诂，导之改易，一字能变，则字字皆变矣。晋音较秦音稍杂，不能处处相同，然凡属真文一韵之字，其音皆仿佛东钟，如呼子孙之孙为"松"，昆腔之昆为"空"之类是也。即有不尽然者，亦在依稀仿佛之间。正之亦如前法，则用力少而成功多。是使无东钟而有东钟，无真文而有真文，两韵之音，各归其本位矣。秦晋且然，况其他乎？大约北音多平而少入，多阴而少阳。吴音之便于学歌者，止以阴阳平仄不甚谬耳。然学歌之家，尽有度曲一生，不知阴阳平仄为何物者，是与蠹鱼日在书中，未尝识字等也。予谓教人学歌，当从此始。平仄阴阳既谙，使之学曲，可省大半工夫。正音改字之论，不止为学歌而设，凡有生于一方，而不屑为一方之士者，皆当用此法以掉其舌。至于身在青云①，有率吏临民之责者，更宜洗涤方音，讲求韵学，务使开口出言，人人可晓。常有官说话而吏不知，民辩冤而官不解，以致误施鞭扑，倒用劝惩者。声音之能误人，岂浅鲜哉！

正音改字，切忌务多。聪明者每日不过十余字，资质钝者渐减。每正一字，必令于寻常说话之中，尽皆变易，不定在读曲念白时。若止在曲中正字，

【注释】

① 青云：高空，比喻高官显爵。

他处听其自然，则但于眼下依从，非久复成故物，盖借词曲以变声音，非假声音以善词曲也。

三曰习态。态自天生，非关学力，前论声容，已备悉其事矣。而此复言习态，抑何自相矛盾乎？曰：不然。彼说闺中，此言场上。闺中之态，全出自然。场上之态，不得不由勉强，虽由勉强，却又类乎自然，此演习之功之不可少也。生有生态，旦有旦态，外末有外末之态，净丑有净丑之态，此理人人皆晓；又与男优相同，可置弗论，但论女优之态而已。男优妆旦，势必加以扭捏，不扭捏不足以肖妇人；女优妆旦，妙在自然，切忌造作，一经造作，又类男优矣。人谓妇人扮妇人，焉有造作之理，此语属赘。不知妇人登场，定有一种矜持之态：自视为矜持，人视则为造作矣。须令于演剧之际，只作家内想，勿作场上观，始能免于矜持造作之病。此言旦脚之态也。然女态之难，不难于旦，而难于生；不难于生，而难于外末净丑；又不难于外末净丑之坐卧欢娱，而难于外末净丑之行走哭泣。总因脚小而不能跨大步，面娇而不肯妆瘁容故也。然妆龙像龙，妆虎像虎，妆此一物，而使人笑其不似，是求荣得辱，反不若设身处地，酷肖神情，使人赞美之为愈矣。至于美妇扮生，较女妆更为绰约。潘安、卫玠①，不能复见其生时，借此辈权为小像，无论场上生姿，曲中耀目，即于花前月下偶作此形，与之坐谈对弈，啜茗焚香，虽歌舞之余文，实温柔乡之异趣也。

【注释】

① 潘安、卫玠：均为历史上著名的美男子。潘安：本名潘岳，因字安仁，故有潘安之称，西晋文学家，长于诗赋、文辞华靡，曾任河阳令。以貌美名世。宋词中有"多才夸李白，美貌说潘安"句。卫玠，字叔宝，晋名士，善书法，以容貌俊美著闻，被喻为照人明珠。唐诗有"卫玠琼瑶色"句。杜甫《花底》："恐是潘安县，堪留卫玠车。"

美人谱

附录

秀水 徐震 秋涛 著

盖闻芙蓉别殿，曾居窈窕之姝。杨柳深闺，不乏轻盈之媛。然而偏长易获，全美难臻。必欲性与韵致兼优，色共情文并丽，固已历古罕闻，旷世一见。故歌舞进吴，则宠冠苏台，而鸟喙获行成之请；琵琶出塞，则魂销汉帝，而画工撄上罪之诛。此不惜倾城国，佳人难再得之歌，虽为忘国解嘲，而亦见美色之不易觏也。余凤负情痴，颇酣红梦。虽凄凉罗袂，缘悭贾午之香；而品列金钗，花吐文通之颖。用搜绝世名姝，撰为柔乡韵谱，使世之风流韵士、慕艳才人，得以按迹生欢，探奇销恨，又何必羡襄王之巫雨，想阮肇之仙踪者哉。

　　美人艳处，自十三岁以至二十三，只有十年颜色。譬如花之初放，芳菲妖媚，全在此际。过此则如花之盛开，非不烂漫，而零谢随之矣。然世亦有羡慕半老佳人者，以其解领情趣，固有可爱，而香销红褪，终如花色衰谢之候，只有一种可怜之态耳。

　　古来美人，有足思慕者，共得二十六人：

西子	蔡琰	关盼盼
毛嫱	二乔	苏蕙
夷光	绿珠	非烟
李夫人	碧玉	柳姬
卓文君	张丽华	霍小玉
班婕妤	侯夫人	贞娘
王昭君	杨太真	花蕊夫人
赵飞燕	崔莺莺	朱淑真
合德		

古来名妓，有足当美人之目者，共得六人：

| 红拂 | 薛涛 | 苏小小 |
| 李娃 | 紫云 | 琴操 |

古来婢妾，有可为美人之次者，共得四人：

| 飘风（石崇婢） | 小蛮（俱白乐天妾） |
| 樊素 | 朝云（东坡妾） |

美人遗迹，有足令人销魂者：

浣纱石	青冢	苏小墓
响屧	蒲东	贞娘墓
琴台	燕子楼	

一之容

蝤首	云鬟
杏唇	玉笋
犀齿	荑指
酥乳	杨柳腰
远山眉	步步莲
秋波	不肥不瘦
芙蓉脸	长短适宜

二之韵

帘内影	歌余舞倦时
苍苔履迹	嫣然巧笑
倚栏待月	临去秋波一转
斜抱云和	

三之技

弹琴	临池摹帖	抹牌
吟诗	刺绣	秋千
围棋	织锦	深谙音律
写画	吹箫	双陆
蹴鞠		

四之事

护兰	咏絮	调和五味
煎茶	春晓看花	染红指甲
金盆弄月	扑蝶	斩草
焚香	裁剪	教鸪念诗

五之居

金屋	云母屏	芙蓉帐
玉楼	象牙床	翠帏
珠帘		

六之候

金谷花开　　雪映珠帘　　夕阳芳草
画船明月　　玳筵银烛　　雨打芭蕉

七之饰

珠衫　　　　犀簪　　　　明珰
绡帔　　　　辟寒钗　　　　翠翘
八幅绣裙　　玉佩　　　　金凤凰
凤头鞋　　　鸳鸯带　　　锦裆

八之助

象梳　　　　名花
菱花　　　　毛诗
玉镜台　　　玉台香奁诸集
兔颖　　　　韵书
锦笺　　　　俊婢
端砚　　　　金炉
绿绮琴　　　玉合

玉箫	异香
纨扇	古瓶

九之馔

各色时果	美酝
鲜荔枝	山珍海味
鱼鲊	松萝径山阳羡佳茗
羊羔	各色巧制小菜

十之趣

醉倚郎肩	枕边娇笑	拈弹打莺
兰汤昼沐	眼色偷传	微含醋意

雅趣小书

图书在版编目（CIP）数据

声容 / (清) 李渔著；宋俭注译. --
武汉：崇文书局，2018.7
（雅趣小书 / 鲁小俊主编）
ISBN 978-7-5403-5095-6

Ⅰ.①声… Ⅱ.①李… ②宋…
Ⅲ.①杂文集 - 中国 - 清代
Ⅳ.①I264.9

中国版本图书馆CIP数据核字(2018)第145373号

雅趣小书：声容

责任编辑	刘　丹
装帧设计	刘嘉鹏　eYOl design
出版发行	崇文书局
业务电话	027-87293001
印　刷	武汉精一佳印刷有限公司
经　销	新华书店湖北发行所经销
版　次	2018年7月第1版第1次印刷
开　本	880*1230　1/32
字　数	200千字
印　张	8.25
定　价	58.00元